文学天地

Literature World

第五辑

《文学天地》编委会　编

山东大学出版社
SHANDONG UNIVERSITY PRESS
·济南·

图书在版编目(CIP)数据

文学天地.第五辑/《文学天地》编委会编.—济南:山东大学出版社,2024.8

ISBN 978-7-5607-8027-6

Ⅰ.①文… Ⅱ.①文… Ⅲ.①中国文学-当代文学-作品综合集 Ⅳ.①I217.1

中国国家版本馆 CIP 数据核字(2024)第 107245 号

责任编辑 傅 侃
封面设计 王秋忆

文学天地(第五辑)
WENXUE TIANDI(DI WU JI)

出版发行 山东大学出版社
社　　址 山东省济南市山大南路 20 号
邮政编码 250100
发行热线 (0531)88363008
经　　销 新华书店
印　　刷 济南华林彩印有限公司
规　　格 720 毫米×1000 毫米 1/16
　　　　 13.5 印张 202 千字
版　　次 2024 年 8 月第 1 版
印　　次 2024 年 8 月第 1 次印刷
定　　价 59.00 元

Contents

目　录

特约

Special Works

王夫刚诗选

文——王夫刚

丙申春日,赴遂昌得句

1

我们向更深的山走去,向更高的山走去
我们向等于遂昌的绿色走去
我们,渴望成为绿色的一部分
在南尖岩,我们允许成为
绿色的一部分——啊,我们终于成为
绿色的一部分:天空还在
赊欠的路,预支的风雨
还在——只有南尖岩忘了自我
只有南尖岩的树木,流水
梯田,忘了人世的规章制度

忘了房子,汽车,银行的
存款,以及占据报端的八卦新闻

2

遭遇南尖岩之前,我们要在
石练镇淤溪村听昆曲十番
这当然不是一场说来就来说走就走的
艳遇,两天后我们还会在这里
唤醒班春劝农的记忆——
四百年前,我们的同行汤显祖
遂昌县的时任行政首脑
创建书院,捕虎除害
用春鞭和乡民互动:耕田时节
谁辜负土地,谁就是土地的
罪人,至于昆曲十番
不过是农闲时的美德有幸活到了21世纪

3

渴望终老山水的人越来越多
渴望终老山水的表达
越来越流行:在镜头中渴望
在微信中渴望,在客居的清晨渴望
在南溪的不舍昼夜渴望
在遂昌的广场屏幕上渴望
在踩街的人山人海渴望
在踩街花车上杜丽娘的颦笑间渴望
在江山多娇的梦里渴望

在梦醒时分的酒杯对面渴望
在来去遂昌的高速路上
渴望——当仿古的戏台曲终人散

4

道路学习河流的样子,黄金
仿佛山川之心,在遂昌
金矿是一种存在,也是一种历史的写法
我们见过被开采的矿山
但没见过被开采的唐朝的矿山
我们见过矿石,但没见过
从矿石里直接剥落黄金后遗留下来的
巨大悬坑;我们见过塌方
但没见过塌方的进行时活到
现在;我们见过巷道
但没见过两百多公里的巷道
不动声色地减轻了一座山的重量

5

对于拥有权力解释含金量的山水来说
见一面是不够的,写一首短诗
也不能取代春秋笔法献给
小火车的理解。如果我们愿意坐下来
当地人就愿意跟我们分享
黄金的遂昌传奇:从贵妃头饰
到国师听泉,到太监揖金
到剧作家出身的官员愤然挂冠

草鞋换粥的故事在“石崩,毙百余人”的矿难中
戛然而止,一同湮没的还有
烧爆采矿和灰吹炼银的文明——
虽然陆容在《菽园杂记》有过记载

6

没有参观汤显祖纪念馆就没有来过
遂昌县——这句话的意思是
临川人汤显祖在遂昌留下了不朽的足迹
我们观看《牡丹亭》,怀着
梦的心情;我们对话汤显祖
以文化的名义:这个借俸著书的人
已经辞世四百年,在山东
他之前有张养浩,他之后
有蒲松龄——他说“生者可以死,
死可以生”。他又说“死而不可复生者,
皆非情之至也”。
采风的诗人,我们,听懂了吗

7

孤独像过去,过去却不属于孤独
三次春试不第,终得赐同进士出身
亦不影响汤显祖奏疏,遭贬
并因此而幸遇传教士利玛窦
令人遗憾的是,他与英国人莎士比亚
生活在同一个时期而素昧平生
他与英国人莎士比亚一起

出现在遂昌县的纪念册上而浑然不晓
汤莎就要成为一个约定俗成的
词汇,而我们即使拥有
4G 手机,也没有办法告知于他
汤公园落成了,捕虎已属违法行为

8

三个中年男人沿着南溪散步
三个写诗的中年男人沿着南溪两岸散步
三个远道而来的写诗的中年男人
沿着瓯江上游的南溪两岸
散步:遂昌已经沉睡,寂静
提高了级别,三个中年男人
站在桥头回忆青春——
唉,汤显祖纵囚观灯,但明朝那些事儿
他说了不算,就像今夜
三个远道而来的写诗的中年男人
大解,刘年,和我,在南溪
逆袭或审判青春,此生几无第二次

9

据说《牡丹亭》把《西厢记》逼到了
减价的份上——至少是
让先的位置;据说遂昌
替瓯江和钱塘江做出了命运的
江湖裁决;据说喝茶的人
醉了,喝酒的人哭了

据说妙高是一座山，一个地名
据说当地的文联主席曾是
诗歌函授班的青年学员
至今保留着那个带照片的证书
据说诗和远方能为山水正名
而遂昌——恰是诗和远方领取了美的徒刑

10

来遂昌之前，我们不使用百度
来遂昌之后，百度已经失去了作用
“一个人，一座城，四百年。”
遂昌并非汤显祖的投名状
我们，也不是山水仙县的
形象代言人——在汤显祖缺席的会议室里
谈论还魂的可能性：遂昌之夜
仿佛左边坐着杜丽娘，右边坐着
朱丽叶；仿佛四月只有
两天，三天，或者四天
而诗歌只是另一种戏剧，跟不上时代节奏
万水千山我们，一杯新茶句号

莲花山旁白图

1

我们住到了莲花山下:我们
一群附庸风雅的家伙
试图与山水发生关系——
我们的翅膀长在北方的风上追赶着
微信时代的新甫拥翠
我们允许简称为我;莲花山
则必须获得一个定语
构成山水的诗歌道场
玻璃屋顶的会议室则必须获得
另一个定语,向蓝天投诚

2

科马提岩的沉睡是 28 亿年
科马提岩的遗忘是 28 亿年
科马提岩的苏醒和记忆是 28 亿年
科马提岩……是 28 亿年
科马提岩和我的交集是
1969 年,它被命名时我出生了
20 世纪我们相安无事
21 世纪,我们仍然相安无事

3

登山是高潮,也可以表述为

高潮是登山:12 公里
或者 4 个小时——喜好书法的党委书记
亲自上阵,替手下的导游
讲解欢喜无边的道理
和经书五卷的由来;诗人老四
则写下了现实主义诗篇
献给眺望:上山下山都是山!

4

抵山腰处,古寺欲现。登山的
杂牌军,渐渐原形毕露——
有人喘息,有人吸烟
有人幻想一顶轿子落在身边
有人吟古诗:“莫停游客屐,顶上是莲花。”
有人与摩崖石刻合影
背景是前人的汉字的
教诲:快活二里,是好是好

5

云谷收容残碑,新坝截留清泉
民政局规定,菩萨需要
住进庙宇楼阁;莱芜县的
大工石匠张云程,需要把自己的名字
镌刻在一百年前的悬崖上
山巅的军用雷达站削低了
山的海拔,在雷达站服过兵役的
前文学青年曾在松涛上

抒情："嗨，青春！"但青春
已不能旧地重游——它只剩下了追悼

6

新修的木栈道正在涂刷防腐材料
不朽的梦弥漫在人之所至
索道像败笔披着抄袭的外套
运送心愿一致的香客——
唉，连更加伟大的山岳也难以免俗
让树木长成信号塔的样子
或者，让信号塔长成
树木的样子，又何须落日条款

7

山明水秀。精神。补天。
水流花放。登高自卑。
看天。云门。峰回路转。古柏一株。
天下之生久矣，一治一乱。
困极斯通，否极自泰。
两山排闼。新甫正脉。
——民国二十七年，邑人尹宝常
取字，凿石，如上，如上

8

俯瞰人间。天成观音的完整称谓
叫作天然形成的观音岩峰
据说可以动用顶级的

排他性的词汇,去赞美,去朝圣
去洗心(爱有惊天的力量)
而我在自己的户籍室里
把莲花山改回新甫山只是
瞬间冲动,只为不负
《诗经》记载:徂徕之松,新甫之柏
葬两千年于山水,断度寻尺!

寄芝罘湾

1

“我在沙滩上奔跑,蓝色的血
从脚底流进我的身体。”
这诗句,只属于芝罘游子
租一片海,或者买一片海用来抒情
这主意,嗯,也只有
大海的阅读者想得出来——
他们的烦恼并非来自
租一片海或者买一片海的甜蜜选择
而是如何寻找大海的东家

2

为了让远方来客享用附赠海景的
美食,主人勇敢地调整了
饭局的座次(冒着
被圣贤讥笑的风险)

芝罘湾的遗憾是没有接待过孔子先生
而且永无可能实现这个心愿
皇帝们对此不以为然
皇帝们是,秦始皇和汉武帝

3

夜间散步是保留节目,在海边尤其如此
黑暗中的动荡,配得上神秘
黑暗中的寄托,盲人摸象
黑暗中的孤独,仿佛两倍的孤独
黑暗中的爱情,允许撞衫
黑暗中的KTV,虚拟的高潮

4

有人带着遗留问题收集漂泊的青春
他路过人间但人间不是大海
他走向大海但大海不设驿站
有人张贴悬赏启事捉拿波光潋滟的月亮
海上的消息活成了小舟的样子

5

游塔山未竟:管理风景的人说
你们的车太大了,环山路
会产生压力。对此,塔山拒绝发表意见
它高高在上,不动声色
假装不知道你们是谁
假装不知道树木和信号塔的区别

——嗯,它假装不理解人类

6

游塔山未竟的人转而去看海
在海边照相,吸烟,打电话
拉紧上衣拉链,对海风说不

游塔山未竟的人在潮流中
没有遇到一个别来无恙的面孔
这可真是一个不错的悲剧

7

被鱼识破骗局的垂钓者并不懊恼
舞台上把自己的诗念错的人
并不可恨;画框之外
山河的祖国美学跃跃欲试
图书馆的文字昏昏欲睡
吃素的老诗人想让年龄止于十岁以前
会议室里,猛烈的掌声
第一次取代了耳熟能详的热烈

8

张裕不仅仅是酿酒公司
北极星不仅仅是挂钟
烟台山不仅仅是灯塔和纪念碑的栖身地
大庙也不仅仅是遗弃的
图腾。在芝罘,陆连岛

像一艘巨大的沉船
但我们不能把它比喻为一艘沉船

9

芝罘人认为，没有海就没有芝罘湾
没有芝罘湾就没有烟台
来芝罘的人也这么认为

来芝罘的人如果不这么认为
就不要来了；来芝罘的诗人
如果不这么认为，就不要写诗赞美芝罘了

大万世居图景

1

请叫它大万，大万世居
请不要问它方形的围墙上
为什么没有窗子
飞檐上是否还挂着风声
请不要问它乾隆五十六年以后
曾氏和东鲁旧家的
关系：伟大的孔子
始终是他们祖先的老师

2

不妥协的城堡，大地的史记

翅膀上拴着蒙尘的春光
门前的旗子没有了
旗杆还在,在没有旗子的
旗杆上,围楼的风
不知道该往哪个方向
吹——不知道该把哪些记忆
从记忆深处唤醒——

3

客家人的都江堰叫作
沙墩陂。月形池塘
曾经倒映着禾坪上的粮堆和青春
旅游者在惊呼,残破
是静止的美回到了生活中
和他们谈论建筑
谈论被拆掉的牌楼不属于风水的
牺牲品,你可接受?

4

实景歌舞像一场光影的盛宴
散发出时代需要的
狂欢味道:这里是坪山
是劫后余生的历史
沿着深圳速度以前的光阴
回到深圳以前;这里是
连接走马廊的炮楼
试图代替警察维持昔日的秩序

5

它有前世属于被忽略的哲学
它有来生越过斑驳门洞
寻找纸上知音——
在大万的街巷里反客为主
我是它的陌路人却珍藏着
如此盲目的友谊
像一个小小的奇迹沿着鼠标移动
试图消解与真相无关的渴意

岛上来客

1

岛上来客人了,一共十三位
如果加上手机,一共
二十六位。与时俱进的岛屿并不介意
沙洲的出身——岛上的风
保持了岛屿的调频
以及不逊高塔和长桥的
局部理想:十三位或者二十六位
造访的客人,不会增加本地负担
不会改变头条新闻的
秩序,不会影响大江
入大海的心情和节奏
尽管来客们号称“有组织的诗人”

2

岛如蚕状,又似船形,涨坍
生生不息(时隐,时现)
高出水面而又平畴可望的江尾陆地
叫作崇明,江河的道理
在上游,也在下游
在岸上,也在岸上的人间
一千年的冲积是绥靖
也是恋爱;是松江府上海县
从前卧薪尝胆,也是
上海市松江区,而今落户
郊外——岛上的表述是沙洲蚕食流水
没有历史,也不需要青春的忏悔

3

西沙是个地名,湿地属于保护对象
在岛上,芦苇荡孕育栈道
螃蟹拥有专用的博物馆
训练大雁的地方,恍如微型的
高尔夫球场:绿色茂盛
以至于绿色优先成为
被忽略的美;环岛公路
似曾相识,以至于返回构成了旅游的最高境界

4

我的背景,来自黄河三角洲

带着孔子的问候;我们的
背景,来自诗歌之蓝,带着同人的味道
和别来无恙的喜悦——
失眠者依旧失眠,喝酒的人
执意买醉——从陆水湖
到天鹅苑,抢红包的游戏
不再新鲜(打折的尖叫
恰与潮汐吻合),嗨,青蛙如此可爱
带泳池的酒店为什么不肯收留

5

数码相机删除胶卷的籍贯
来年的聚会下落不明
江湖出庭作证,蓝,却不是原告
大家并不担心什么——在死亡的前一个路口
江山如画,一时枇杷枝头
我们在人间活得不错
坟墓在人间活得不错
我们在人间的坟墓里活得不错
(湖水草坪,可以照镜子
可以打滚,可以假装回到童年)

6

某某某在就好了,他能回答
植物的提问——某某某不在不好吗
做植物的肄业生不好吗
跟云朵交换防晒霜不好吗

和小螃蟹赛跑不好吗
一瓢棉花做到头不好吗
沙船自言自语不好吗
孤独世袭罔替不好吗
爱恋着每一天又告别每一天不好吗
月光菩萨也有难言之隐不好吗

7

树木耸立的海拔是个伪命题
昆虫,死于海选的好声音
江枫渔火发行了电子版,星空
沦为不设密码的毛坯房
囚徒愈来愈多,越狱之心
愈来愈少;跟蚯蚓对话
并且拒绝使用快递公司新业务的人
戴着沙洲的面具孤芳自赏
任性,已经不能适应
美颜的缺失功能,岛上也不例外

8

好吧,湖畔的午夜会议决定
向看不见的浩瀚投诚
我们老去之前,我们的爱先行老去
夏日的落叶上镌刻着
赠诗,异乡的喉咙里
埋着罗盘,没有县治
没有戏剧性,没有三闾大夫投河

没有悬赏布告贴在互联网入口

9

美好的事物都是慢慢开始的
约等于蓝,深蓝,都是诗歌的财产
如果不出意料——未来
叫作最蓝,还是醉蓝
叫作完整的蓝还是十三分之一蓝
穿蓝色背带裤的诗人
蓝和诗歌的黏合剂
使用了笑声、泪水和两广的
拥抱:美好的事物允许
慢慢开始,更美好的事物允许突然消失

10

有人说,虹桥站的等候大厅
比岛屿大,我表示赞成
反之,如果虹桥站的等候大厅只是岛屿的
附属物(可有,可无)
我也不作辩驳。屈原的老乡
写过"借农历之一日,醉生梦死"
岛上的主人断言,这
便是我们乐此不疲的
原因——在虹桥站的等候大厅
谁邂逅岛上来客,谁将是
第十四位岛上来客,享有虚构的第三夜
微信缺席的历险,刚刚开始

去德令哈

1

从西宁到德令哈,大巴走了整整一天。
有人昏昏欲睡;有人
开始抱怨——再美的风光
也禁不住长途颠簸。
高原辽阔,生活却如此
具体:或者热烈地赞美孤独
或者更加热烈地
逃离孤独(审美是一回事
审美疲倦是另一回事)
白云苍狗,大巴追不上落日。

2

青海湖出场的时候,适值
午餐时间。与其说这是东道主的安排
不如说是长途颠簸中的
例行收获:一碧万顷的湖面
铺向远方;进入青春期的
油菜花,开满了湖畔。
照相的人忙着照相;吸烟的人
静静吸烟。正午的高原
似乎没有一棵树
没有一片树荫可供风声歇一歇脚。

3

从西宁到德令哈，茶卡并非必经之地
但几乎就是必经之地——
盐湖在不远处泛着
咸味的光泽，漫不经心的盐雕
散发出就地取材之美。
高原上有很多奇迹
对此，盐湖和盐湖小镇
表示赞同，车上的人
则热衷于探讨茶卡的读音
藏民认为，这是一个不存在的问题。

4

对于当代诗人来说，德令哈是一个
被放大的想象；去德令哈
是一次起源于想象的
旅程。这里曾经雨水荒凉
而今灯火辉煌——抒情还在
姐姐已经不知所终。
诗人住过的旅馆没了
巴音河畔的仿古建筑却要对诗歌说
请留下来吧，一切
都在生长，传奇刚刚开始。

5

石头上刻下诗篇：一个不错的主意。

这样的礼遇甚至超出了
诗人的期许(你装饰额角的诗歌
何其甘美;你凋零的棺木
像一盘美丽的棋局)
给诗歌盖一座房子——让唯一的,最后的,抒情
留在唯一的,最后的,草原
德令哈的火车驶向远方
德令哈的夏日,必须有诗
(你所说的曙光,就是这个意思)

6

那些暗中讥讽过海子的人
那些慢待过海子的人
那些认为一首诗不值一瓶啤酒的人
已经悄悄闭嘴:通俗地说
在德令哈,一首诗
换来了一座诗歌陈列馆
换来了一个兴会的
节日——诗歌的童话也是
诗歌的神话,恰如孪生的
欢乐在金色世界里长得越来越像!

7

跟柴达木和德令哈一样,可鲁克
也是蒙古语,汉语中的答案
叫作:多草的芨芨滩。
旅游册上说这里是鸟的天堂和鱼的家乡。

湖面上的阳光一览无余
电动游艇把诗人们带入
可鲁克湖深处——水在跟前
山在远处,芦苇在风中
午餐在草原上:哈达,下马酒
手抓羊肉,以及热情的蚊子。

8

教授的亲人从河里捞石头,仿佛寻找
美玉,教授在桥下的阴影中
安静地看着,微笑着
巴音河下游,午后的阳光有一种
茫然般的慵散弥漫异乡。
喝过酒的人开始用澎湃洗心
没喝酒的,困意渐浓
聚会就是这样——赶路者蓦然停顿下来
沟壑纵横之后,意兴阑珊
生羊皮上的泪尚未散去。

9

怀头他拉岩画坐拥早于当地居民的
不朽。这游牧的教科书上
写着西羌,吐谷浑,吐蕃
写着逐水草而居的人物
动物,植物,狩猎,放牧,舞蹈,甚至性爱
写着自由和献给自由的掌声
写着追根溯源的生活

它们诞生于隋唐却试图让隋唐
成为背景、虚构或者化外。
哦,怀头他拉;哦,怀头他拉岩画!

10

公路在高原上没完没了,召唤远行的人
迈开脚步(像黄金在天空
舞蹈,命令写诗的人歌唱)
而德令哈,并非一个概念在诗中
捉迷藏;德令哈的能见度
并非气象局的骄傲
德令哈的火车站,并非声东击西的游戏
隐藏了真相;德令哈的遗址
并非不速之客的理想
被证明,并非岁月被扼杀。

11

我来,或者不来,它们都在那里。
怀着一颗山东的心,向西
向西,仿佛只是为了
这似曾相识的抒情到我为止
并像主人一样把它献给青藏高原上的
山峰,湖泊,城镇,经幡
以及羊群……我来
或者不来,它们都在那里——
青稞酒醉倒石头,蒙古包收留歌声
柴达木的记忆在盆地里酣睡。

12

关于德令哈,就写到这里吧。
此前一夜,我曾沿着巴音河畔散步
用手机拍下灯光中的
诗歌陈列馆:确实美轮美奂。
回到西宁,我的朋友老杨
带我去了塔尔寺;我的另一个朋友老龙
带我去了湟源县的
丹噶尔古城——昌耀诗歌馆
寄身文庙一隅,寂寞一如主人生前
留言簿上,几乎没有诗人签名。

王夫刚,1969年12月生,山东五莲人。2005—2007年入山东大学文学与新闻传播学院作家班学习。著有诗集《诗,或者歌》《第二本诗集》《粥中的愤怒》《正午偏后》《斯世同怀》《山河仍在》《仿佛最好的诗篇已被别人写过》和诗文集《落日条款》《愿诗歌与我们的灵魂朝夕相遇》,编有《山东30年诗选》《册页·新世纪10年山东诗选》《别来无恙·新世纪山东诗集选粹》《大家阅历·当代诗人写历城》等选本。曾参加第19届青春诗会和第11届青春回眸诗会,获得齐鲁文学奖、华文青年诗人奖、柔刚诗歌奖、《十月》诗歌奖和《广西文学》作品奖等奖项。中国作家协会会员,首都师范大学2010—2011年度驻校诗人,现为诗刊社中国诗歌网编辑。

小说

Novel

安雪薇

文——阮王春

1

安雪薇来自云南边境线上的农村，十九岁，跟一个老奶奶生活在兰城。老奶奶是安雪薇母亲娘家村子的，她们算是沾亲带故。有一天下了班安雪薇去兰城北苑农贸市场闲逛，想借着市场的热闹冲淡心里的孤独。她在市场里漫无目的地游荡，到了市场出口，遇到那位老奶奶。她和老奶奶打招呼，老奶奶也和她打招呼却没认出她。她和老奶奶扯话，外婆，认得我吗？老奶奶狐疑地看着她，她又说她妈是谁，她爸爸是谁，外公叫什么，老奶奶眯着眼想了半天，终于想起面前的小姑娘是自己家门的外孙女。老奶奶格外开心，拉着她的手和她说话，问她怎么在这儿。安雪薇说她在兰城打工。问她跟谁在兰城，住哪儿。安雪薇告诉老奶奶她一个人在兰城，自己在一个城中村里租了房子。聊了一会儿，老奶奶请她到自己的家去坐坐。

到了老奶奶家，安雪薇帮着老奶奶屋里屋外地收拾打扫，帮着老奶奶拆洗床单被套，帮老奶奶清理碗笼橱柜，休息日便在老奶奶那儿留宿，早晚铺床叠被烧水……老奶奶的儿孙们都成了家，不大回来，老奶奶希望有个人陪陪自己，就留她长住，叫她把租的房子退了，省一点房租，也省一点开销。她想了想，便搬到了老奶奶家，她知道她母亲在娘家叫老奶奶大妈，她便叫老奶奶外婆。

外婆近几天身体不好，在省第一人民医院住院，安雪薇下班就要去看着。

安雪薇上班迟到了，一个人垂头丧气地爬楼梯到二楼，再闷闷不乐地顺着过道到了书店里。几个同事过来问她，睡过头了，还是路上堵车？她说她从医院来，路上堵车。他们安慰她，堵车没有办法的，不要太难过。他们又说，你怎么不早早打个电话来，我们帮你打了卡，你悄悄进来不让领导撞见不就好了？她说她想着不会迟到的。他们劝她不要难过，便各自忙去。

安雪薇打扫完卫生，三个小伙子相继过来找她玩。一个是刚从春城大学中文系毕业的实习生，实习生会写诗，会吹萨克斯，能用瑞典文背诵托马斯·特朗斯特罗姆或者用英文背诵拜伦、雪莱的诗歌，他来书城实习，就是为了了解图书信息，以后可能从事翻译和外文书籍引进、中文书籍输出工作；一个是刚从边防武警部队退伍回来的老兵，老兵抓过毒贩，擒过非法出入境人员，击毙过黑帮成员，参加过多次藏区维稳工作，二立三等功，受到过军区领导的表彰，退伍后，地方政府安置他就业，让他暂时在书城干着；还有一个是公司董事长的儿子，来这里实习锻炼，为继承家业打基础。

实习生稍瘦，倒歪瓜脸，少许头发盖到鼻尖，眼神清澈，戴一副眼镜，满脸女孩子的秀气；退伍老兵壮实，身材轮廓明显，虎背熊腰，小平头；董事长公子略胖，鸭梨脸，头发微卷，公务员式小背头，一脸虎气。他们都喜欢围着安雪薇转。

2

书城名为“振国书城北辰店”，早上十点正式营业。图书市场的淡季，光顾的读者很少，他们偷空子聚在一起聊天。

实习生先问她：“早上迟到了？”

“嗯！晚了二十分钟。”安雪薇说。

“没多大关系，二十分钟而已，不要自责。”实习生安慰她。

书城有三层，办公室在二楼，他们所在的地方在办公室左侧。他们不说迟到的话题，便开始闲聊，边聊边时不时瞟一下办公室方向，怕领导看到他们聚在一起聊天，怕月底考评扣分，更怕处罚。书城的管理比较严格，处罚都是罚现金，然后才在相应的考评里扣分。

二楼有八九个分类书籍专区：实习生分管原装进口的外文版本类；大兵分管马恩列斯毛军政时事热点类；书城少爷负责经济、公考、法学类；安雪薇分管生活期刊、音像制品类，兼卖电教产品。他们本在不同的分区岗位，分管的地盘都相隔一段距离，或者隔了其他门类专区，因为安雪薇，他们肆无忌惮又诚惶诚恐地聚在她分管的专区聊天。

这会儿，大兵把安雪薇的喝水瓶捧在手上，就像把安雪薇捧在手心里一样，脸上开着花，温柔地问她：“你平时喜欢干什么？比如下班后？”

她说：“看小说，穿越小说！”

实习生笑着接上话：“你要真喜欢看，我可以写给你，保证比网络上、比书店的好！以前有一家刊物给我发过约稿函，让我专门写穿越题材,可我忙着毕业,错过了那次机会。”

她说:“那好啊,我正愁没得看呢! 看太多了,都一个套路,没新鲜感! 每看一本都觉得很失望。”

实习生说:“好,等我一段时间,我就拿给你!”

大兵插话:“我也爱看书,但比较喜欢社会科学类的,也比较喜欢人文地理类的,偶尔接触点经典文学。穿越文学嘛,意识里有些抗拒,心里又老有提示,看的时候心里老说:哼,写得太假了!”

大伙哄笑。

安雪薇说:“人活一辈子能看几本? 进了书店才知道,书本如粪土。”

她说完,一时没人接话,有些冷场。

突然,书城少爷说:“刘领班来了!”

四个人一起朝办公室那边看:“那个土贼,每天板个黑脸,比我爸的脸还臭,散了吧!”书城少爷先走了。

三个小伙快速躲闪着回各自的分管区域。大兵捧着安雪薇的喝水瓶就走,她要,大兵说:“冷了,我换热的送过来!”

大兵回到自己的分管区域,把刚刚那瓶水倒了,接了一瓶滚烫的,看着刘领班走开,假装路过给她送过去。

大兵问她:“你叫什么名字?”

“安雪薇!”她说。

“好名字,一听就舒服!”大兵想使劲奉承一下这个名字取得好,可没想出什么好的词句来,一时间一丝尴尬挂在脸上,浑身不自在,倒像受了人家耳刮子似的。

“你呢?”安雪薇问大兵。

“我叫高贵!”大兵说。

“高贵? 你爸取的?”安雪薇笑,露出两颗尖尖的小虎牙。高贵看着她:“是啊! 特土吧?”

“高贵不土啊！你知道董事长儿子叫什么名字？书香！李书香！”安雪薇依然笑，没心没肺地笑，声音像烧开锅的茶壶。高贵听出来了，她笑那是一个女人名呢，这个名字，要是单从别人嘴里说出来，一定让人误会是个女人名字。

李书香在自己分管的区域看到他们笑，冲他们努努嘴。高贵一看，刘领班又冒出来了，赶忙回了自己的马恩列斯毛专区，手里依然捧着安雪薇那个水瓶子，依然像捧着安雪薇那般虔诚。

李书香看着刘领班下了楼，又看见高贵回了他自己专区，找了本书朝安雪薇走过去，装样子去送还归架。

“小安，你分管的书，还你！”李书香把书递给她。

“你实习的时候，是我带你，你要叫我师傅！”安雪薇撒着娇不接书，用手指头点着他的额头。

“你知道我舌头大说话还漏风，一叫师傅就会叫成媳妇，你要不介意，我就叫吧。媳妇，你分管的书，还你！”李书香一直以来爱对她开些没心没肺的玩笑。当然，李书香舌头并不大，说话也不漏风，大会小会上，都是一口流利的普通话。

安雪薇听了，脸红了一下，竖起手指头在脸上划着，望着李书香：“羞羞羞，不害羞！”安雪薇是边地来的，边地上那种竖着手指头划脸蛋“打羞羞”的举动很优美。她这一举动，让李书香更觉得她乖巧可爱，忍不住用手在她的脸蛋上抚了一下：“薇薇，你真可爱！”安雪薇娇羞地打开他的手跑了。李书香则心里美滋滋地回了自己分管的区域。

书店的一个老员工走了过来，她和安雪薇共管生活期刊类，四十多岁的样子，在书城工作已经十多年，她对安雪薇说：“那么多小伙子围着你转，有没有看上眼的？多好的小伙子们，可惜我老了，牙口坏了。”

安雪薇说：“想什么呢你？”

隔壁咖啡店的老板娘也走过来逗她:“其实三个都不错。那个才子,能写诗,能填词,懂外语,学问高;李书香呢,董事长的儿子,将来振国书城的老板,有钱有地位;还有那个退伍兵,个头高,身板结实,还学得些攻防本事。”

安雪薇有点骄傲了,自己凭什么让那么多人围着自己转?凭什么个个还都是好男儿?她的骄傲来得气势汹汹,来得理直气壮——我大约是上天的宠儿吧。

她走到仓库里的整容镜前,细细地端详着自己——眉生得细,青幽幽的;眼睛生得水汪汪,有些波纹荡漾着;鼻子生得小巧玲珑;脸蛋白皙微红;下巴尖尖的。她自己对着镜子做了个鬼脸,把一口牙齿露出来,很白。

白?她猛然间想起一个人。而后,心里生了一些哀怨,生了一些恼意,恹恹地从仓库出来了。她想到了叶韵。

3

身边有了那三个小伙护花,安雪薇有些骄傲了。以前围着她转的那些代理领班、经理助理、数据分析员等办公室的人都自觉退出。她没有理由不骄傲,她只是在想,她应该选择谁。最好他们三人的优势集中在一人身上。但这个上午,她还来不及细细地想应该选择谁。整个上午,她的脑海里只有三个字——“白”和“叶韵”。

吃中午饭的时候,实习生走过来,端了一碗糖醋排骨,他自己掏钱去对面天子楼酒店买的。书城的伙食还不错,但糖醋排骨就太奢侈了。安雪薇开了句玩笑:“要是振国北辰店也这么吃一顿,那以后的日子就只能吃白水面条了!”

“自己改善嘛!不就是多花几块钱吗?人只要有口气,就饿不着,钱就是水,”实习生拿捏起腔调,“流来,再流去!”

安雪薇被他逗笑了:“就怕流来的还看不见,流去的也早看不见了。”她又像突然想起什么似的问:“马强,你大学毕业怎么跑来这里工作呢?”她还是想起来了,他叫马强。

“我以后可能做翻译或者自己写作,这得了解一下图书市场。再说这里看书方便,上哪儿找这么便利的条件呢? 古人要看书,得风霜雪雨地跑几百里去抄呢!”实习生感慨地说。

安雪薇掩不住满脸的羡慕:“你这么爱看书,难怪那么有才华。我小时候没条件,要是有条件,还是喜欢读书的。现在条件还算好,只是没心思看了。”她一边说着,一边看着那金黄的糖醋排骨,胃有些翻动,心里起了意念,突然想吃火锅,就对马强说了。马强说:“那有何难? 晚上去‘云上居’吧! 那儿的火锅,正宗的重庆香辣底料,保密配方,得预订才吃得着!”

“那好,再约几个人,AA 制!”安雪薇一拍手,表示十二分开心。她自然想到了高贵和李书香,这三个男儿就像上天安排给她的陪衬,缺一不可!

“好吧,就约上骚兵和少爷!”马强也想到了他们。

“还有叶韵!”安雪薇想到叶韵,觉得自己一个女孩子跟着他们三个男孩子去玩,有些单调,不如叫上叶韵,这样人也差不多,也不会冷场。更重要的是,要有人见证自己的骄傲,要有人看到自己的幸运,看到自己是怎样受上天宠爱的。她觉得有必要巩固一下自己的自信,心里却有些隐隐的担忧,一种不可名状的忧愁和悲伤啃噬着她的心。她觉得自己像个小丑。她知道事情可能有自己预想不到的走向,但她没有改变主意。

他们正说着,高贵、李书香也捧着碗过来了,当下说定,晚上下班就去吃“云上居”。

这会儿才中午,离他们说的那个时间还早,但对于安雪薇来说,就像还要熬过一年那么艰难。

4

安雪薇分管生活期刊类,兼顾音像制品的零售,顺便卖一些电教产品,卖出一台能得到这台机子售价 8%的提成。安雪薇最初不想来,因为卖电教产品很累,要跟客人讲机子功能、售后保障、讲师出身等,太累,从舌尖累到控制话语的脑组织,有时候一连几天卖不了一台。更重要的原因是,这个商场里还有五家其他品牌的电教产品专柜,“好学通”“状元郎”“成才王”“起步”“尖子生”这些大品牌都在,这些品牌都在央视投放了大量广告,她的一单生意要和五家竞争才能做成,往往在自己柜台上的客人,听旁边专柜的一介绍就想过去做个对比,或者要开单了,却犹豫着要再看看,一看便买了别家的。不过,安雪薇觉得蛮刺激的,有挑战自我的感觉,也因为是书店兼营,没人太在意销售成绩。

午饭时间一过,有一位中年男士大约想买一台,走到安雪薇的柜台前,安雪薇说:“你看啊,我们的产品教学资源很充分,适合从幼教开始到高中的各个阶段。机子的性能也优越,充满电后,断了电源可以使用八个小时,这是全国第一款超耐用电池配置。我们的产品是公司附属产业造的,不像他们外来商户,没有售后保障的。我们优惠书城客户,还送精美礼包。”

顾客有了买的念头,对面一家柜台的女人说话了:“家长,这边看看,别听她瞎说,现在的电教产品,只要上市的都有售后保障,我们的教学资源也是从幼教到高中的。她的机子性能哪有说得那么好,不接电源的话,能用两个小时就封顶了!我们做活动,买机子,送书包,送知识清单资料包。我们‘尖子生’在央视一套做的广告!看看再买啊,我们的礼包更精美。”

安雪薇说:“你看看我们的讲师,一个是黄冈中学的李自强老师,他是专门带‘清华北大’班的。李自强老师每年带的学生都是学校几次摸底才抽出来的,都是备考清华北大的! 还有远航一中的马未老师,享受国务院特殊津贴,发表教育论文上百篇,二十几篇选入共和国教育文库! 其他那些广告打得多,都是些新产品,我们的从来不打,省下的广告费都用来扶持使用我们品牌的学子了。"

对面柜台的女人说:"我们的讲师是高考命题组的专家团队。李俊知道吧,他能保证自己带的学生95%上重点,其中75%直接上北大、清华或者国外名牌大学!"

"你看看我们的视频质量和音质,"安雪薇说着打开一台播放了起来,"你看语文,第一课,跟教材同步的,再看数学,这里一点是英语!"

对面女人说:"所有电教产品的资料跟教材都是同步的,视频和音质你过来看看我们的才能对比呀,对比你才知道好坏。"

安雪薇说:"他们是做电视、电冰箱、微波炉和手机的,教育产品,他们才接触不久呢!"

对面女人说:"你……"

安雪薇打断她说:"你懂不懂规矩? 顾客在我柜台上,你插什么话?"

对面女人说:"我说我的关你什么事? 你诋毁我们的产品,本来就坏了规矩!"

顾客看她们争吵,一时僵住,就笑笑去了安雪薇左边的柜台。

对面的女人还在骂,安雪薇听了冒火,把手里正在玩的螺丝钉抛过去,不偏不倚,正打在那女人鼻梁上。女人鼻尖冒了血星子,拽了一条抹布就走过来,一下砸在安雪薇脸上:"小骚货,你不要太过分!"

安雪薇有些害怕,心里一虚,眼泪要滚出来,却不想就这样受了侮辱。她想自己怎能受这样的侮辱呢,便也狠狠地回骂:"我不如你,你看你穿的衣服,肉都滚出来了,我又不要养男人,不要养儿子孙子,哪里要跟你比?”

对面女人说:“老娘有男人老娘不骚,像你年轻,心才痒痒呢?”

安雪薇实在没好意思再接下去,但也不甘心被她羞辱,瞪着她:“你不骚,你还勾个野男人?”

女人柜台上的男人听了觉得刺耳,走过来,走到安雪薇面前跟她论理:“大家都天天碰面,不要闹得彼此尴尬。”

安雪薇看男人站在自己面前有点心虚。男人高大,显得自己越发矮小,整个人似乎在一片阴影里,心里怵了一下,骂他:“滚开!”又说,“好狗不挡道!”男人一听,出手搡了她一把,她整个人往后退了几步,撞在了书架上,等站稳了,两行眼泪就簌簌往下掉,白净的脸蛋像带露的花蕾,让人看了顿生怜悯。

高贵远远看他们吵,看到她被搡了一把,便跑过来看她。她指着对面男人说:“他打我!”对面男人看是高贵,想走开,被高贵隔着玻璃柜擒住领子,一拽再一推,按到地板上。高贵腾出一只手,拽过一张凳子,想砸男人,却被男人挡了一下,凳子甩进了男人家的柜台里,顿时,好多“尖子生”噼里啪啦成了碎片。

实习生马强走到“尖子生”柜台上,问搡安雪薇的男人:“你是男人吗?打一个女孩子?”

男人想拼命,翻爬起来给了马强一巴掌。高贵扶起马强,一脚踹在男人肚子上,男人便倒在了书架过道里,许多书“哗哗”掉下来砸在男人身上……马强忙不迭往他背上踢了几脚,高贵也踢了几下。

正一片混乱,李书香调了五个保安过来,两人抓着一个,控制了场面。事态平息后,李书香便叫保安把所有人带到商场管理办公室。

李书香是书城的少爷,他说要开除高贵,安雪薇说,不要开除高贵,要开除就开除她,高贵是因为她才出手的。高贵说还是开除他。

安雪薇说她也走。

李书香没了办法，他本想趁机开除高贵，又有意向着安雪薇，最后就不得不罩着高贵，他对商场管理办公室左右施压，他的意思是，如果不接受他的赔偿协议，那么，男人家的“尖子生”柜台就马上搬出书城去，违约金、合同费全部扣除。他们一路讨价还价，调解结果是：书城给“尖子生”赔偿两千块，高贵负责一半。高贵当下掏出一千赔了。男人也软了下来，被迫接受了赔偿。

高贵赔了钱并不气恼，以为自己此举更近了安雪薇一步，比起安雪薇，一千不算个数。赔了钱，他们依然计划着晚上的聚会。

5

叶韵受到邀约喜不自禁，两个女生跟着三个男生去吃饭，三个男生个个优秀，自己何不近水楼台先捞一个。

叶韵是货真价实的美女。“白”，却不是一个白字足够形容；“嫩”，也不是一个嫩字足够形容，用“刚剥壳的白煮鸡蛋”也未必恰当。也正如此，安雪薇对镜自赏想到“白”时，猛然想到叶韵。

叶韵容貌端庄，笑靥如花，身材挺拔丰满。如果没有安雪薇，那么高贵、李书香、马强一定围在她的身边。

安雪薇叫上叶韵，是她想过很多遍才下的决心，她有信心打败叶韵。就凭叶韵脸上的些许惭色，她的信心就高涨万倍。她对于叶韵那些公开的数字也不屑一顾：“什么 178，80，40，60——全是狗屁！”

6

“云上居”在这座城市的黄金地带，严寒未过，正是食客蜂拥的季节。晚上九点，五人约齐，到了“云上居”，找了桌子坐下，服务员拿了菜单过来。高贵接过菜单递给安雪薇，安雪薇笑着，看了看叶韵,叶韵也笑了笑。安雪薇递给叶韵,叶韵推辞,推来让去之间,故意推到了马强面前,叶韵趁机说:“大才子点!”

马强接过来随意看了看,依旧递给安雪薇,要安雪薇先点。安雪薇看着叶韵,推给李书香。李书香点了两盘带皮黑山羊,对安雪薇说:“你们家乡的名产,吃了不要想家哦。”又点了一盘活杀鲜鱼子,说:“鲜鱼子,美容养颜!”

叶韵堆出一脸惊讶:“真的?我也蛮喜欢鱼子的!我生在湖边渔家,从小也吃了许多鱼子,怪不得好多人说我生得白呢!”李书香说:“那就再来一盘!”服务员勾上了。

李书香又把菜单递给安雪薇,安雪薇看见叶韵托着脸笑,心里有些不自在,不知是看菜单有些分心,一时口误,还是故意撩拨他们,说:“来三盘韭菜!”

高贵笑。安雪薇也眯着眼笑,说:“壮阳菜,男人都喜欢!不过吃了不要去干坏事噢!”

五人都笑。叶韵说:“我看上面有海狗肾,那不更好,我早上瞎翻一本书,说明朝宰辅张居正大冬天头顶冒热气,就是这么吃来的!”

安雪薇皱了下眉头。

马强看到了安雪薇皱眉,忙说:“那种臭腥怪味的东西,坏了雅兴,这是吃饭,又不是要做什么,亏你能说出来。”

高贵看见安雪薇皱眉,也说:“那太残忍了!荤腥倒还不怕,这个真咽不下口!命根啊!”

安雪薇看了叶韵一眼,叶韵脸黑了一些,像“刚剥壳的白煮鸡蛋”上被人摁了个灰手印,却也还笑着。安雪薇也笑,把菜单子转给叶韵。叶韵点了薄荷、鸡脚、香菇。

高贵早忙着要酒了,问四人谁还喝。李书香说:“都得喝!”高贵说:“来两瓶枝江大曲!”然后开始理些旧话,说他在边防部队的时候,队里安排接待领导,他一个人喝翻三个中校,最后不巧,被一个当地派出所的年轻女警察放翻了,丢脸丢大了。又说,他有一次“死”在酒上是因为那么回事:他把啤酒灌进绿茶瓶子里,巡逻的时候刚好走到队长旁边,口渴了,想打开喝一口,本来巡逻走得急,瓶子摇摇晃晃都胀气了,他忘了那是啤酒,好家伙,一打开沫子就冲到了队长脸上,差点被队长整死。

大伙只笑。都说,人生在世,总是笑料百出的,笑一笑,十年少嘛!

叶韵点着菜,看他们不关心自己点什么,也不想再点,把单子递给安雪薇,安雪薇觉得差不多了,一口气点了洋芋,点了鸭舌,点了猪耳朵,点了蕨菜,点了好多时鲜蔬菜。

高贵说:“洋芋好,咱都是云南的,云南人不吃洋芋是怪胎!”

安雪薇看着叶韵笑,叶韵也笑,脸上笑出些沟壑。

才子马强说:“蕨菜不知道怎么做的,我老家人要把采回来的蕨菜煮熟,泡几天水,中间还要换几遍水;但我有一个新方子,把采回来的蕨菜浸上水,撒上盐巴泡,泡一阵儿后煮熟,再放进凉水里,撒上盐巴泡,三个小时后沥干爆炒,味道微苦,最合适不过了!”

叶韵问:“那不苦?”

高贵自认为是吃过苦的人,说:“吃的就是那点苦,不苦就失了味!”

安雪薇看着叶韵,把服务员找过来,要了一瓶云南干红,说:“我们喝我们的!”

锅里沸起来,叶韵搛了块洋芋给高贵,说“吃你的洋芋”(黑话,骂男人的话)。高贵谢过她,拿起漏勺给每人碗里盛了一勺,但有分别:给马强的一勺是顺着锅里随便一捞,什么都有,给李书香的也是;给叶韵的稍稍拣了一点带皮黑山羊并几坨鱼子,给安雪薇的,和叶韵的差不多,却没给自己捞。安雪薇见他没有,给他夹了一箸韭菜,捞了几片黑山羊,然后,端起杯子敬他们,说今天的事在此谢过,等发下工资,先拿两千给高贵,再请大家吃一顿。

高贵急了,放下酒杯,说他要是接了安雪薇的钱,他从此不叫高贵,跟王八蛋姓乌龟,就叫乌龟王八蛋,并要大伙作证,让安雪薇改口,他才肯喝。安雪薇觉得有了些“意思”,才说:“那好,我记在心里就行。”

喝过一杯,大伙忙着吃菜,彼此又三三两两互相碰杯敬酒。

高贵三杯酒下肚有些茫茫然了,忙着填肚子,他的酒量倒不如食量那么好。

吃喝吃喝,才子英雄也和一般人一样,没什么新意,不过是你吹我捧,你敬我劝,男人拼酒,女人说些别人小话。高贵又把中午的英雄事迹绘声绘色地描述了一遍;马强再才华具足地奉承了高贵一回;高贵再转过话赞李书香够义气,有魄力;马强又说他们都是好汉子;李书香又解释说开除高贵是因为自己没工作经验,太冲动……

安雪薇和叶韵聊女人的包、香水,说办公室某个女人土得掉渣……

7

安雪薇算错一筹,马强之前是没见过叶韵的,现在他坐在叶韵对面,看见叶韵了,看见叶韵脸上晶莹汗珠的流淌,看见叶韵低下头吃菜时难掩的风情,看见叶韵撸起袖子露出的那一段白玉……马强险些让搛到嘴边的菜掉在地上,一时慌张,被嘴里没咽干净的菜呛了一下,讪笑着说:“好辣的菜!”

李书香起身,又下了一盘鱼子,略微烫熟,捞了一块给安雪薇,又给每人都捞上些。安雪薇吃了一点,就说够了。

高贵和李书香拼着酒,高贵喝得有些醉了,借着酒劲说很喜欢安雪薇,他爱安雪薇,要马强和李书香成全他。

李书香说:“咱是哥们儿,哥们儿之间不说成不成全的话,但要考虑小薇的感受,我虽然没你那些本事,但照顾女孩子,还是懂怜香惜玉的!”

马强也说:“是啊,你不要考虑我们,但要考虑小薇的感受,我们大老爷们能和你翻脸吗？倒不是小薇不值得,而是小薇那么好,我们不忍心伤害她。”

高贵说:“我知道,你们都喜欢小薇,少爷今天不是想开除我吗?”

李书香解释:“跟你说了我没经验,是一时冲动。”

安雪薇看事态不好,起身看看手机时间,再看看叶韵的脸,看那脸上有了些沟壑,像太阳缩到乌云里闷着似的黑,心里有些暗喜,盯着手机说:“你们不要胡闹,都十点半了,闪!”

高贵说:“酒还不够!”

安雪薇说:“来日方长!”

高贵说:“那你再吃一点,吃块鱼子。”说着,捞了一块给她,要她吃下。安雪薇又坐下,慢条斯理地咬了一口,说声“胀死了”便放下筷子,对他们说:“叶韵这么漂亮的女孩子陪你们,你们哪辈子修来的福气呀!”

高贵说:“是啊,还有你,我们莫不是前世有约呀?”

马强看到叶韵脸上的汗珠都变成了污水,接了话:“也许真的是有约呢!”

安雪薇又看了一下手机,说:“走了,台要赶着搭,戏要慢慢唱!”说着起身去付钱。马强觉得不妥,说他付,但收银已接了安雪薇的钱。

马强说:“说好 AA 制,五百,刚好每人一百!”转身看人,叶韵不见了,又说:“我出两百,你们一百。”当下说定,都把钱凑给了安雪薇。

安雪薇推了一下,接过来装进包里,说句明天见,先出了门。她说要去看外婆,外婆在第一人民医院呢,好多天了,她一个人照顾,今天抽空跟大家聚聚,还是要早点回去看着的。

安雪薇出了门,来到大路上,看着周围楼顶的灯光,心里想,是不是天上的星星挂在上面呢?她太幸福了,她想起了小学课文里有一课《幸福是什么?》。她隐约记得课文讲几个少年在树林里挖了一口龙潭,树林里的动物、人都来喝水,一个女神现身祝他们幸福。他们不知道幸福是什么,就出去找。几个少年离开树林去寻找幸福,几年后都回来了:他们一个去开了火车,运送货物,帮许多人解决了运输问题;一个去农庄种地,养活了许多人;一个当了磨坊工人,让很多人有精细的粮食吃。他们说了各自的经历,又去清理了那个龙潭,他们觉得自己出去找到了幸福。

安雪薇想:"幸福是什么?幸福是我呀,幸福就是安雪薇呀!"她看着路上来来往往的车辆大喊一声:"幸福就是安雪薇,安雪薇就是幸福!我好幸福!"

高贵跟上来了,说:"我陪你去医院吧。"

安雪薇说:"你喝那么多酒怎么行?"

高贵说:"我喝酒边喝边醒的!"

安雪薇怕高贵醉醺醺的,外婆见了不开心,说:"外婆会骂的。"她摸了摸高贵的小平头,一个人走了。

晚上在一张空病床上躺着,安雪薇收到了马强的短信,马强问她外婆好吗,安雪薇说好着呢。马强又问:"你爸爸妈妈没来看外婆吗?"

安雪薇回复:"她不是我亲外婆,是我妈妈娘家一个家族的!"

马强问:"哦,是这样,挺好的一个老太太吧?"

安雪薇回复:"我到了省城便跟了外婆到现在!在省城我也只有外婆一个亲人了!"

马强心里叫了一声苦,就说:"很晚了,睡吧!"

安雪薇有些失眠,她还是拿不准自己要选谁。看自己的情形,选李书香是最好的,他有钱。这么想了一会儿,酒性上来,睡了过去。

8

第二天一如前一天,高贵捧着她的喝水瓶子,马强说着他的穿越小说,李书香说着下次要去丽江玩。安雪薇说:“你们知道吗?叶韵辞职了。”

马强说:“是吗?昨天还在的嘛!”

安雪薇说:“今早辞的!打电话跟刘师傅说不来了。”

高贵和马强“噢”了一声,不再说什么。

安雪薇问高贵下班后有没有时间,说她有一些东西在朋友处,用一个盒子装着,她自己可能拿不动,要是高贵有空的话,去帮她拿一下。高贵说:“有空啊!我闲得慌。”

安雪薇说:“那麻烦你了,你的摩托在吗?”

高贵说:“在呀!”

安雪薇说:“那你骑摩托给我运!”

高贵说:“好。”他们当下约定,下班去安雪薇朋友处取东西。

下班后,高贵兴高采烈地骑着摩托载着安雪薇一路狂奔,他先把她载到朋友处,取了东西送到安雪薇住处,然后说请安雪薇出去走走。高贵是个粗人,但心里的确喜欢安雪薇,就想出一条“妙计”,定要安雪薇跟了他,做他的女朋友。

骑到二环边上,高贵说在这里歇歇脚。二环边上有一座山,山脚有间小酒店。高贵说,山里面环境不错,不如去看看。安雪薇说好,两人就进去了。走着走着,高贵拉起安雪薇的手,安雪薇挣了几下,挣脱了。

山里面没什么风景,都是一些青石头,干黄的枯草,几棵倒下的枯树,枝枝丫丫,有几堆人和狗的大便并些草纸。

越往里走,安雪薇心里越不踏实,觉得高贵别有用心。

高贵问安雪薇累不累,安雪薇说:“有点!”高贵说:“到酒店里面歇歇!找个包厢喝酒。”安雪薇觉得奇怪,怎么要到酒店里面歇呢?歇会儿,缓缓劲就回去了,犯得着乱花钱吗?

安雪薇说:“不了,歇上三五分钟就走了,去酒店哪里划算哩?”

高贵说:“喝酒啊,对了,还可以看电视,我昨天看预告,今天有一场演唱会,刚好就是这个时候!”

安雪薇觉得看演唱会,在自己家里怎么看都行,跑荒郊野外看什么名堂?就说:“回家看吧?”

高贵说:“这里到家还有五公里,现在正是堵车时段,回到家,早都放完了!”说着,一个人去了酒店,交了押金,点了包厢,出来招呼安雪薇过去。安雪薇一想,反正押金都付了,进去看看电视吧!

安雪薇心里想着,高贵把自己带到荒郊来,还要进酒店包厢,肯定没好事。高贵要对自己做什么?万一?不过,他要是真的只想看演唱会呢?安雪薇心里纠结着。

安雪薇进去后,跟着高贵走到一个包厢门口,看着高贵。高贵并没有打开电视,而是眼神直直地看着安雪薇。

安雪薇问:“怎么不看演唱会?”

高贵说:“等你进来我再放!”

“里面热,我在门口看!”安雪薇心里明朗朗的,她知道高贵要干什么了。

高贵说:“进来嘛,我又不会吃你!”

“我就在门口看。”安雪薇心里紧张起来。

“你是不是怕我对你怎么样?”

“不是!怎么会?”安雪薇强颜欢笑,心却沉入冰窟,心里骂了一句:“好个伪君子!”

“那你进来呀!”

“我为什么要进去? 里面那么热!”安雪薇笑着,心里起了一个自问:“要不要从了他? 我真的喜欢他,他有些本事……”

高贵站起来想拉她,安雪薇一来想试他,二来也有些心猿意马,顺了他的意,进去了两步。

安雪薇刚进去,高贵突然把门销给闩上了。安雪薇大叫一声,去扯销子,慌慌忙忙怎么也扯不开,接着放声哭了起来。

高贵心里一慌,只好自己开了门,放安雪薇出去。

9

安雪薇很委屈,回到外婆那里,给李书香发了一条短信,问他晚上干什么。李书香说,晚上都在想她呢!

安雪薇经过了白天高贵那一遭,就问他:“你们男的是不是一天到晚就想对我们女孩做那个事?”

李书香回复:“哪里会? 我不是那样的! 我是真的爱你!”

安雪薇说:“不信。”

李书香回复:“我是真心的!”

安雪薇有了一个计划,她要李书香跟马强竞争自己,而和高贵,已经无法回头了。

第二天,她把李书香发给她的信息给马强看过,马强没说什么。她以为,马强看了李书香的短信会吃醋,或许就会认真地追她,马强一追,李书香也会更努力。

10

第三个晚班的时候,高贵见了她,远远地躲着,给她发了一条短信,说些道歉的话:“我昨天脑袋迷糊,只想得到你,怪自己一时酱油灌了心,渴了心包,其实也不是你想的那样,我最多会抱抱你,亲亲你。”

她没理会,四处看了看,不见马强,便到处问马强去了哪儿。那个咖啡店的老板娘说,早上还和你们书城的一个女子来喝咖啡呢。

安雪薇问:“是不是高高白白的,叫叶韵?”

老板娘说:“是。”

安雪薇突然觉得书店里面冷清了许多,有许多陌生的面孔。还好,李书香还在。安雪薇想,老天爷的安排呀,这样就可以让自己断了对其他人的念头,专心一致和李书香好。

李书香也一如既往来她分管的专区玩,说些不疼不痒的闲话。挨到下班时,她请李书香去喝酒。

安雪薇看了高贵的短信受了点启发,想借高贵的招给李书香用,想让李书香抱抱自己,亲亲自己。

出人意料,李书香冷冷地说不去。她很奇怪,问李书香。

李书香心里不爽:高贵突然跟他说放弃安雪薇了,马强也说退出,他们都叫他要对安雪薇好。李书香一想:他们突然不要了,我要算怎么回事?我得到也没什么稀奇。这么轻轻松松就到手的,我才不稀罕呢!可是,怎么找一个充分的理由拒绝安雪薇喝酒的邀请呢?

李书香是这样说的:“雪薇呀,你是个好女孩,可你做错了一件事。你把我发给你的信息给马强看了是不是?你以为我不知道你想干什么吗?那不是我喜欢的风格!”

安雪薇等到下班,一个人走在寒风里,电话响了,一接,是医院的通知,外婆去世了。

安雪薇看着和那天晚上同样的星光,同样川流不息的车辆,她想嘲弄幸福,她想取笑那三个为别人挖井、种地、加工粮食、运输货物的少年。在这个夜里,除了眼泪,没有别的东西来陪伴她了。

远远地,她看到马强搂着叶韵的腰走过。

阮王春,男,1990 年生。2008—2010 年服役于中国人民解放军第十四集团军。2011 年起开始诗歌和小说写作,作品发表于《边疆文学》《滇池文学》《青年作家》等刊物,曾获 2013 年滇东文学奖。

让爱来导航

文——牧 歌

那是一个风轻云淡的午后。我因为杂志社的一个专题而与叶子相约于莫奈咖啡馆。这倒不仅仅因为我是这里的常客,而是我想把"留住了光就留住了你"这样一种意境当作一个支点、一块方砖。——请原谅我的残忍,我需要一场精彩。

咖啡馆墙壁上的《睡莲》和低声环绕的乡村民谣交相呼应,所营造的氛围非常适合吐露心曲。我叫了一壶玫瑰花茶——

身为在楼高车快的都市里穿梭的资深媒体人,我虽然不能自夸阅人无数,但是也时常涉足于形形色色的圈子。我想,那叶子毕竟已是年知天命、风华不再的女人,但没料到,她的出现却完全超出我的想象,令我眼前一亮。她如一片翩然而至的云彩:一袭长款米色英伦风风衣裹挟着一股轻柔的风,一头柔顺披肩长发和一件中国红羊绒套衫衬托着白皙圆润的脸颊和那颀长而优美的脖颈。我不由得心下一阵欢喜。记得上大学的时候有位教授说美的功用是悦目、赏心、动情、启思。尽管身为女性,并且在工作与生活中接触过不少娴婉漂亮的女士,但是她的美丽、知性和优雅,以及那种举手投足间表现出的自然洒脱,令我怦然心动。

叶子的脸上挂着浅浅的笑,若非发丝间若有若无的几根银丝和眼角上时隐时现的皱纹,很难看出岁月在她身上留下的痕迹。

叶子朱唇轻启,柔婉悦耳的声音一如山涧灵动的溪水。而随着她娓娓道出,我的眼前展现出这样一组画面:

叶子犹困兽一般在室内来回不停地走动着,撕心裂肺的痛苦和愤懑令她透不过气来。二十年光阴编织的希望,二十年心血铸就的精神的长城,顷刻间,像一堵厚重的墙向她倾覆过来。那一刻,她分明听到了一种来自心灵深处的断裂声……

阳光像一块黑色的绸缎覆盖在她的脸上。许久,叶子才渐渐清醒过来,她整理一下纷乱的思绪,透过黑绸经线和纬线的缝隙,终于找到了自己人生的那个分水岭。于是,悔恨伴随着回忆汹涌而至——

那个时候她年轻、漂亮,激情满怀,浑身充满着朝气;常常以一颗纯净透明的心来认知和解读社会,以一双纯洁的眼睛来看待人生。她眼中的世界是那么的美好,因为,她一直以为人人都像她自己那样坦诚透明。

当一位并不熟悉的媒婆将那位恹恹巴巴的青年领到她身边的时候,她还是一位情窦初开的少女,像一株长在泉畔的水仙花。她犹豫过,倒不仅仅因为他来自偏远的农村,貌似“三寸丁”“枯树皮”的武大郎;也不是因为他性情木讷,才学平平,与叶子心目中的“白马王子”形象相去甚远;而是那个被人们神之又神,叫作“感觉”的东西没有同步产生。

但是媒婆和那位青年却对叶子展现出了志在必得的恒心与

韧性。

媒婆几次三番给叶子做工作:

“我是过来人,咱们女人图的什么呢,还不是找个本本分分的人安安稳稳地过日子?你看小A有多好,人又本分又老实,无论走到哪里都不会给你招惹是非;你要是找个不安分的、成天鸡飞狗跳不和你好好过日子的,一辈子可有得苦吃了!

“别看有的男人长得很帅,有的男人家庭好、有能耐,其实啊,那样的男人不是朝三暮四、喜欢拈花惹草就是绣花枕头,统统文德桥的栏杆——靠不住。这生活可是实实在在的。婚姻是一辈子的大事,尤其对女孩子。千万儿戏不得哟……”

那青年更表现出一副浪漫多情的侠骨柔肠:每日一封情书外加每周一束红玫瑰,再加上生日礼物、节日礼品……久而久之,叶子便感觉到在这平庸下面,在这软塌塌的瘦弱的皮囊里包藏着一颗火热、赤诚的心。于是,一颗年轻的心就这样被青年在一场近乎马拉松运动的穷追猛攻中俘获。尤其当那青年向叶子倾吐出自己想要成为中国生物界的首席科学家、达尔文第二的宏愿时,叶子被深深地震撼了。她不由得扪心自问,曾几何时,自己不也同样有过居里夫人第二的梦想吗?只可惜,高考考场上一个突如其来的意外,让她多年苦心营构的梦想化为泡影。为此,她伤心过,怨恨过,甚至心灰意冷过,然而埋藏在心中的理想的火花却一刻也不曾泯灭。

科学家和达尔文第二的宏愿让叶子的心里又升起了新的希望。这热切的希望促使她不顾亲友的劝阻、父母的反对,执青年之手义无反顾地迈进了婚姻的殿堂。

从此,那个才情卓越、激情澎湃的女孩儿在人们的视线中消失了,取而代之的是一位勤劳、朴实、善良、温婉持重的淑女。而且,为了这淑女形象更加完美,叶子绾起了飘逸的长发,更敛起飞扬的思绪,将自己的理想和追求束之高阁,将自己的兴趣、爱好统统放逐到九霄云外——因为中国几千年的传统文化和道德意识早已经浸淫她的骨髓、血液、灵魂和她所有的精神畛域。她愿意像绿叶付诸青枝,根脉付之于伟干那样,将自己毫无保留地奉献给丈夫,让丈夫长成一棵枝繁叶茂、果实累累的参天大树。因为,她将丈夫的理想视为自己的理想,把丈夫的追求当作了自己的追求。

现实生活中,叶子充当了丈夫的助手、秘书和保姆三种角色。她不仅承揽了所有的家务,还时刻关心着丈夫的衣食住行。她不时抱着食谱研究一日三餐,给丈夫调剂口味、增添营养;她偶尔出差外地,也不忘光顾那些大型书店和豪华商场,为的是能带回丈夫需要的书籍,采购到丈夫喜欢的服饰。为了使丈夫腾出更多的精力学习,她替他批改学生的作业和试卷;在丈夫翻译和撰写论文时,她托同学、朋友帮忙查找外文资料,并亲自翻阅外文词典,帮他校对译稿;在突然接到公公患病的消息时,她立即借钱让丈夫赶回老家,然后又自己找车千里迢迢将老人接回城里诊治,不舍昼夜地守护在医院……她替他在父母面前尽孝,替他制作读书札记卡片,替他联系发表论文……

那时候,她在丈夫的眼里几乎成了无所不能的超人,一个可供他依赖的全能的后盾。

女儿的呱呱坠地为叶子本来就很沉重的双肩加了砝码,她的肩头又扛起抚养、教育女儿的重任。为了女儿的全面发展,为了女儿接受良好的教育,叶子求亲告友,让女儿去最好的幼儿园,去最好的学校,找最好的老师。音乐、舞蹈、绘画、书法,叶子带着女儿风里来雨里去,蹬着一辆26自行车从这个宫到那个馆地辗转。

叶子一肩挑着丈夫一肩挑着女儿,像被抽起的陀螺一样高速运转着;直到有一天,丈夫以性格不合为由向她提出离婚,她才如梦初醒,惊讶地睁大一双迷茫、困惑的眼睛来审视自己和周围的一切。

而此时,距离她与丈夫携手跨上红毯已经过去了整整二十年。

二十年,叶子仿佛由一朵出水芙蓉变成了一枝抱枯枝头的残菊。她的青春岁月、她的花容月貌、她的心智才气……她的所有能够绽放和彰显生命魅力的地方都被消耗殆尽,一点一滴地遗落在二十年的人生路上,无法拾起。

二十年,叶子的丈夫虽然没像所期望的那样,成为生物科学界无与伦比的参天大树、梦想中的达尔文第二,但也熬成了一名大学教授,叶子精心培养下的女儿也已经跨进了名牌大学的校门,而叶子自己却因为企业破产而被迫加入失业大军的行列。

就在叶子接到下岗通知的那一瞬间,她还天真地以为,从此以后便可以在家专心相夫教子了呢。可她万万没有想到,恰在这时,她亲手建立起来的家也向她关闭了大门。不知从什么时候开始,她已经变成了丈夫交际场中一个不和谐的音符——随着身份反差的增加,丈夫内心的离心力也在与日俱增。更令叶子痛心和意想不到的是,女儿很快便从这场婚姻的变故中权衡出利害得失,确立了自己的立场和感情倾向。于是,家——这个昔日充满了欢声笑语的温馨的安乐窝,转瞬间便成了凄风苦雨中行将倾覆的穴巢。

叶子深深地吸了一口凉气。她擦干眼泪,慢慢地从地上爬起,然后站起身来重新审视一遍眼下这个空旷而又冷寂的家。结果,她发现自己亲手设计和涂刷的奶黄色的四壁犹如结了一层灰色冰凌,就连那些浸润着她许多情感和智慧的奶白色的家具也泛着幽幽寒光。她下意识地抱紧了双肩。

突然,叶子发现对面的墙壁上闪现出一个人的身影。叶子不相信鬼神,但是此刻却禁不住内心怦怦怦地一阵狂跳。她使劲儿摇摇头、眨巴几下眼睛,待凝神再仔细察看时,却发现那里原来是一面镜子。

啊？叶子再一次睁大惊恐的双眼！你几时变成了现在这副模样？她双手捧着面颊对着镜子问自己。

你真的好傻啊！二十年来，为什么独独没有想到过你自己，爱惜过你自己呢？时至今日，人生已经走过了大半，一切都悔之晚矣。

怎么办？答应离婚吗？眼下自己恐怕连最起码的生存都难以保障。不答应吗？那自己的人格与尊严又将何在？仅仅是生理上的存活，生命还有什么价值和意义？也罢，与其苟且偷生，倒不如……

痛苦中，叶子想到了人生最简单、最便捷、最容易选择，但人人又都不愿意选择的那条道儿——一脚跨出生的阈门。

叶子对着镜子中的那个憔悴的自己，只感觉一阵阵鼻子发酸、眼睛发胀，泪水像两条决堤的河流，肆无忌惮地冲出了她的眼眶，然后顺着她瘦削的双颊奔流而下。她转身来到女儿的房间，想给女儿留下最后几句话。

她拿出了纸和笔，千言万语、千头万绪一起涌上她的心头——她思绪纷乱如麻，不知该如何下笔。

恰在这时，桌子上一张包在书皮上的泛黄的报纸吸引住了她的目光，她模模糊糊看见上面印着“放自己一条生路”几个字。叶子用手揉了揉眼睛，接着，她似乎听到了一个苍老的声音在屋子的上空回荡：

“三十多年前，我也像你一样失去了所有的亲人。我和你一样，想到了死，我就去商店里买了一瓶农药准备喝下去。在我手拿着药瓶回到家门口的时候，一头猪从我的身边窜了过去，我从没见过跑得这么快的猪，它的身后紧跟着一个手举杀猪刀的强壮男人。

“我家的胡同是一条死胡同，猪跑到这里就意味着死到临头了。

“发现已经走投无路的猪凄惨地叫着，它的眸子里流露着绝望与乞求。而那个男人却一步一步地向那头猪逼近，为了万无一失，他让我帮忙围堵过去。于是,他举着刀,我举着药瓶,我们步步紧逼……正当与这头走投无路的猪近在咫尺的时候,猪却发现了一条生路,那就是手举药瓶的我。于是,它低下头嚎叫一声,不顾一切地向我袭来,夺路而逃……

"望着那头狂奔的猪,我突然发现,在厄运降临的时候,我放弃了所有的希望,还不如一头猪……"

叶子恍然感到自己好像挨了一记响亮的耳光。

是啊,自己不是也曾经劝慰过小姐妹:既然连死的勇气都有了,难道还没有勇气活下去吗?为什么一到自己的身上就完全丧失掉理智了呢?

冷静下来的叶子擦干眼泪,握紧双拳:不,我不能就这样倒下去!也不能再这样生活下去!

我还不老——四十岁,对于一个女人来说,也许真正的人生才刚刚开始。

叶子想起了《莫斯科不相信眼泪》里的卡捷琳娜。

但是面对现实,眼看着丈夫绝情而去,和他的学生另筑爱巢,女儿不仅没有替她"伸张正义",甚至还翻着白眼儿对她横加指责的时候,叶子还是痛苦得大病了一场。

叶子一直认为,爱就是不求回报地、无私地付出。直到现在她才发觉和明白,她心里并不是没有期待:当无私、忘我、全心全意地付出真的得不到一丝回报和回应时,内心里有种说不出的失落和失望。她蓦然发现自己是那样的天真、幼稚。事实上,她远没有自己想象中的那么高尚和强大——作为女人,她也有脆弱的一面,也需要一副坚实的臂膀靠一靠、歇一歇——她和其他女人一样,需要感情的抚慰、爱情的滋养。

然而二十年来,她只是一味地付出,却全然忽略了他对自己和家庭所应该承担的责任,也忽略了婚姻生活中最为重要的一点,那就是:他爱过她吗?他们彼此之间那种真诚的、发自心底的自然而然的欣赏与怜惜可曾真实地存在过?当她千里迢迢、舟车劳顿地把他父亲接来送进医院,然后彻夜不眠地守护在病榻前悉心照料的时候;当她在工作之余、家务之后对着说明书替他调试试验设备,宵衣旰食替他做自己能做的一切……他是否想过:她并不是什么神仙下凡,同样肉身凡胎的她也会疲劳,也需要休息?当她因为过度疲劳、营养不良而贫血、疾病缠身的时候,他是否为她心疼过?

爱,难道不是呼唤与回应?不是两颗心的相互温暖与碰撞?不是以婚姻为依托,由灵魂共鸣到身体融合的彼此渴望?

当情感不在、爱之不存,婚姻只剩下了靠一张纸来维持关系的形式和空壳,纵然保留下去又有何意义?放手虽然是唯一的选择,但也不一定是最坏的选择。

病榻上,叶子辗转反侧。

叶子重新站起来了。重新站立起来的叶子发现太阳照常升起,而且阳光依然灿烂,世界依旧绚丽多彩。一切美好如初。

叶子重新振作精神,然后揣上毕业证书和学士学位证书走进了人才交流中心。然而红光闪烁的电子屏幕和熙来攘往的人流却明白无误地告诉她:洞中方一日,世上已千年。一本毕业证书行走天下的时代早已经不复存在,没有任何职业资格证书的她在人才市场上到处碰壁。她本可以是电气专业的工程师,抑或设计师,甚或,只消稍稍用心,二十年的光阴,她足可以成长为任何领域的"师",拥有任何专业的资质,但日常生活的忙碌让她放弃了对职业技能的培养。叶子欲哭无泪,但是为了糊口,她只得去建筑工地做了一名资料员。

这是一家世界500强上市集团公司,建筑工程项目遍布全国各地。叶子白天在工地上拼命工作,夜晚用阅读来驱赶心里的孤寂与忧伤,用文字来疗愈伤痛。她第一次领到薪水便急不可待地为女儿买了一件毛衣寄往北方学校。

她的名字和文字开始出现在报端杂志上。女儿回复她说:“这才是我妈妈应该有的样子,恭喜你找回了自己!”

忽然有一天,叶子接到人力资源部通知,要她去集团总部负责公司文案类工作。这一天距离叶子进公司做资料员已经过去了八年,叶子的第二部新书出版发布会刚过去二十六天。这时候,那个弃叶子如敝屣的人却因为和院长一起收受实验设备回扣等被送进了大牢;而他和女研究生的爱子北斗尚在医院中。

这一年,叶子被评为省三八红旗手,市委宣传部、市作协等部门为她举办了作品研讨会。

我们约见时,她和省立医院的一个血液科主任喜结连理不久。血液科主任的前妻也是一位白衣天使,因为恪尽天职牺牲在那场“非典”灾难中。

其实,他们早在文字上相识多年,只是彼此不知:同是孤鸿,一个“拣尽寒枝不肯栖”,一个“寂寞沙洲冷”。直到有一天他们邂逅在北斗的病榻前。

人生,有的时候真的像画圆圈儿。也许一切于冥冥之中早已经做好了安排。

一个风絮漫天飞的沉寂的夜晚,网络上一帧儿童躺在病榻上的照片深深地攫住了叶子的目光。叶子一夜无眠,第二天一早她便赶到医院。

病房里人头攒动,一群白衣天使聚集在病床前:一位年约五旬清朗俊逸的大夫把一个厚厚的信封交给床边形容憔悴的女人。

女人泪水潸然:“谢谢! 俞主任,谢谢你们!”女人嗓音嘶哑,泣不成声。

这是我们全科室人的一点心意。被称为俞主任的男人一笑。

他弯下腰身给小北斗检查了一下身体，继续对女人说："你别过分担心，况且担心也没什么用，事情该怎样还是怎样；这个时候，你所能做的，也是你最需要做的就是积极地配合我们治疗，相信我们会竭尽全力，一切都会好起来的！"

温和的眼神、柔和磁性的声音，此情此景几乎能融化掉整个冰川世界。

"你看，那个人是不是电视上看到的作家叶子？"人群中不知谁小声嘟囔了一句。

女人微微一怔，接着便一头扎进了叶子的怀里。

"你们是——她是你什么人？"临床的陪护奶奶一脸的疑惑，问女人，又似问叶子。

叶子嘴唇抽动了一下。"亲人！她是我们的亲人，我和孩子的亲人！"倒在叶子怀里的女人不可自抑地哭喊着说。

叶子轻轻抚了抚女人战栗的脊背，从包里取出张银行卡交给她说："这里头有十五万六，不够的话再想办法；实在不行，我那套两居室的老房子还可以抵押出去，只要能救孩子的命。"

"好！护士长，你快和那个捐献者联系一下，争取尽快实施骨髓移植手术。"俞主任说。

术前的准备工作一经启动，一切便都在紧锣密鼓地进行着。叶子每天下班以后都会来医院，送饭，陪护，俨然一副监护人形象。于是，她很快便和医院里的医生与护士熟络起来；当然，也包括俞主任。这对昔日纸媒上的好友，文学知己，他们在得知对方便是自己仰慕已久的那个人时都不禁眼睛一亮。

手术定在星期四——清明节的下午。

那一天，春雨淅淅沥沥，一如"剪不断，理还乱"的心绪，更像是一场无言的倾诉。医院移植仓门外的叶子和女人焦灼不安，她们深知:移植仓里,他们正为小北斗的生命与上帝赛跑。可是时间已经过去了四个多小时……

女人再一次扑到了叶子的怀里:“姐,你相不相信因果报应?也许……”女人眼睛通红,泪雨滂沱,“姐,对不起!我,我恨……我真恨呐——恨我自己年幼无知!那时候他跟我说……哦,不,怪只能怪我自己。我以为你们没有爱……”

叶子打了个寒战,她感觉心头好像被什么猛蜇了一下。

但是情绪失控的女人似乎没有觉察到,或许此刻她已经顾不上叶子的反应和感受,自己一味地宣泄、倾吐下去。“啊,不不,这一定是上天对我的惩罚!姐,你打我,骂我吧!这样或许我心里头会更好受一些……呜……”

叶子咬咬牙镇定了一下,然后抬手拭去脸上冰冷的泪水,再用纸巾去擦拭女人的眼泪。

“这都是过去的事情了,不要再提了,生活应该向前看。你想没想过北斗好了以后怎么办?你们以后怎么生活?”叶子用手轻轻地拍着女人的手背,“今后有什么打算?”

“嗯嗯。”女人点点头,用衣袖揩拭了一下眼睛,说,“我想北斗一旦恢复了身体就赶紧回去,毕竟小县城的生活成本远比这省会城市低得多。我一直没工作过,现在也过了考公务员、事业编的年龄,我想,到培训机构去代代课应该没有问题;实在找不到工作,还可以开网店。只要……”

女人的话停住了,脸上迅速地凝上了一层冰霜。叶子顺着女人的视线望去,只见一位手捧着一大束洁白百合花的青春少女正步履轻捷地朝着她们走来。

女孩儿在移植仓的门前踱来踱去,显现出一副焦急的样子。

“哎哎,小姑娘,这里正在做手术,请你离开这里好吗?”女人一边用眼剜那女孩儿,一边咕哝,偏偏这个时候,花的颜色这么不吉利。

值班的护士闻声立马走了过来。

“馨馨?”

“嗯,阿姨。”

“放假回来了,来找你爸爸是吗?”

“是的,我爸说他今天有手术。他一早从家出来,一整天都没有回家;我看天太晚了,所以才把他定的花拿到这里来等他。”

“哦,你放心吧,你爸没事,他现在还在做手术。要不你先到护士站等一会儿吧。等你爸爸出来的时候,我告诉他。”

“嗯,好吧。谢谢阿姨!”

女孩儿默默离开的时候,叶子对着她的背影凝望、沉思了很久。她摇曳的身姿和脑后一抖一甩的乌黑油亮的马尾辫令她的心湖荡起了层层涟漪。

护士说那女孩儿是俞主任的女儿。自从她妈妈去世以后,俞主任每年的清明节都会带着她去墓地上祭拜,而且每一次都会带着一大捧白百合鲜花。十五六年了,现在他女儿都上大学了。“唉!”护士叹了口气,“这孩子真懂事,清明节总共三天假期还从外地千里迢迢地赶回来。”护士的眼睛里闪烁着泪花。

移植仓的门终于打开了。叶子和女人立即迎了上去,“怎么样?”叶子下意识地问。但是话一出口她就感到了后悔,因为她看到了人群中疲惫的俞主任,汗水已经浸透了他的衣衫。

“手术还算顺利,你们放心,愈后值得期待。”他迎住叶子的目光,回答得认真而又庄重。

这一幕定格在叶子的心目中铸成了永恒。夜幕降临,叶子再也无法静下心来阅读或笔耕,她索性拿起手机,打开微信,给俞主任发去三枝玫瑰和三个抱拳的表情。

接着,她便收到了一个龇牙微笑的表情。

“还没休息啊,在忙什么呢?”

文字传到叶子的手机屏幕上,幻化成了一股温暖的气息。

“哦,没呢。今天辛苦你了。谢谢!”

微信一经发送,叶子又后悔了:这样一说,倒好像是以前不辛苦似的,“今天”两个字把过去全给否定了。但是撤回反而不好。为此,叶子不得不再发一条微信来冲淡和弥补上一条的过失。

“今天看到你女儿了,好可爱,在哪里读大学啊?”

“在协和。去年才考上的,现在是大一。”

“她捧着一捧白百合花,为什么不是玫瑰,或者其他的什么花呢?”

叶子对着屏幕凝视了良久。迟迟没有收到回复的她,心里越发忐忑不安起来。这一次,恐怕彻底不能被原谅了:人家一定会以为她窥探隐私,反感她这人不礼貌、没教养。

叶子正深深地责备着自己。不想,微信回复了,而且是一发而不可收、不容置喙的回复。

“那是2003年
一天,我们两个人一起会诊完回来
路上碰巧遇到一家鲜花店
店门外的招牌上写着:情人节　玫瑰花蓝色妖姬127元/枝
我才想起这一天是情人节
我摸摸身上没怎么带钱
就对她说,你看,我身上的钱还不够买一朵花的
要不我请你吃碗面吧,用面条来替代玫瑰花怎样
她说我才不要什么玫瑰花呢
知道罗马帝国怎么崩溃的吗
是因为穷奢极欲的对玫瑰花的嗜好

当时罗马帝国的皇帝举行一次宴会要用成吨的玫瑰

狂欢节上抛洒的玫瑰花瓣竟能把人埋没

人们的房顶地板卧床乃至浴缸里全都是整枝的玫瑰或玫瑰的花瓣

农民为了利益纷纷把种粮食改为种植玫瑰

以至于国家走向衰亡

后来罗马人把玫瑰花看作淫乱和毁灭的象征

所以啊,我不要玫瑰

要买你就给我买白百合花好了

我想让我们的爱情一生一世都像洁白的百合花一样纯洁无瑕”

写到这里,他的眼前又浮现出当年妻子边说边去挎自己胳膊的俏皮模样,泪水淹没了他的眼睛。

叶子虽然看不到俞主任,但是能从交流中想象出他的情况。她不知该说什么好,于是发了一个双手合十的表情过去。

“谢谢!

没想到没过多长时间她就参加了‘非典’医疗救援队,去了疫区再也没有回来”

叶子回复了三个泪奔的表情。

“对不起!我影响了你的情绪,引起了你的伤感”

“不,我应该感谢你!你让我吐出了郁结在心里十几年的话

时候不早了,你也该休息了

好吧,请多保重!

OK.拜拜”

“拜拜”

北斗终于康复出院了,叶子又回到了原来的生活轨道。她虽然不再去医院,但是和俞主任之间的联系却没有中断;闲暇的时候,彼此通通电话,发微信聊聊天,谈一谈作品与创作。当然,偶尔也会涉

及一些对社会、人生以及生活的认识。

有一次,微信上聊着聊着,俞主任突然不说话了,然后发来这样几行文字:

“你是——
在茫茫大海中
你是灯塔,是岸
是温暖的港湾
在人生际遇中
你是罗盘,是驿站
是开满鲜花的乐园
你是——
暗夜里闯入
我梦境的灯盏
我人生新的篇章的序言”

叶子回复了三个大拇指表情,回复:

“好诗,谢谢分享!”

接着俞主任又发来一组文字:

“一个字
种在心里
很久　很久
我已经在那个字的
前面加了个 I,后面加了个 you
却　很难说出口”

叶子内心里一阵热血潮涌,顿时湿润了眼眶。

叶子知道这个字指的是什么。可是许多年来,每当这个字和一个异性结合在一起出现在她的面前的时候,她便会心乱如麻。况且,叶子也从护士那里知道:十几年来,他的身边不乏爱慕者和追求者,更不缺乏为之牵线的好心人;但是他每每都以“等孩子大了以后再说”为托词给搪塞了过去。为此,他甚至还把元稹的“曾经沧海难为水,除却巫山不是云”这首诗抄写下来,压在了自己办公桌的玻璃板底下。

矜持内敛的叶子没再回复,也连续数日没有发微信。

但是她的心却总是空落落的,好像生活中缺少了什么。缺少了什么呢?她自己也说不清楚。自从上次的文字谜游戏以后,俞主任再也没有了消息。到底发生了什么呢?叶子的心绪再也无法恢复到从前的平静。她慢慢地梳理了一下心路,终于忍耐不住,又打开了手机的微信。

“你还好吗?”

对方回复一个微笑的表情。叶子有些失望。她的潜意识里是有所期待的。

“最近在忙些什么呢?”

她知道自己明知故问,却没想到他的回答竟出乎她的意料之外。

“在想一首诗,题目是《爱,就一个字》

你有兴趣吗?”

“发给我看看?”

“爱,就一个字

有无穷种诠释

无穷无尽的内容和形式

只有行动才能表示

爱,就一个字

我只说一次

未来时光里
追随你的影子
你余生的幸福
是我最在乎的事”

随后还附上三枝玫瑰花的表情。

叶子的脸上流满了滚烫的眼泪。她努力眨巴眨巴眼睛,接着发过去一个泪奔加拥抱的表情。

又一个清明节到来的那天,叶子抱着一大捧洁白的百合花向着医院的大门口走去……

听过叶子曲折的人生经历之后,我被深深地震撼了。我只知道她是一名成功的女性,却没想到她曾遭遇过如此不幸,更没想到她那看似柔弱的躯体里面却包裹着一颗强大的内心。

爱,就一个字,然而这一个字可以折射出一个人人格的高低、灵魂的美丑。

我重复着叶子的话,由衷地发出感叹:

是啊!只要心中有爱,人生就不会迷失方向!

叶子点点头又报以浅浅的一笑,起身离开时,米色的长风衣在我面前划出一道优美的弧线。目送着这位为情所伤,但是仍相信爱的女人的背影,我在心里默默祝福:愿好人一生平安!

牧歌,女,原名于翠荣,枣庄学院副研究馆员,山东省作家协会会员。20世纪60年代出生于山东枣庄,工科毕业后又就读于枣庄学院(原枣庄师专)中文系、山东大学作家研究生班。1994年开始发表作品,创作小说、散文、诗歌等100余万字,著有小说集《无边的丝雨》。

橘子鸡

文——王炜宁

一

“穷鬼!”

亚利桑那州西南端的尤马沙漠恐怕是世界上最年轻而富有生机的沙漠了,还没有进化出漫天的黄沙,吐着芯子的响尾蛇也没在这儿安家,石头地上只留下了一个又一个啮齿类动物洞穴和众多的巨人仙人掌。在沙漠中心有一个小镇子——尤马镇,紧邻着索诺兰沙漠的边陲,隶属于希拉山的余脉,靠近墨西哥的边境,人烟稀少又炎热异常。夏天有四五十摄氏度,宛如下火,草木不生,冬天倒是温暖得沙地玫瑰如火般怒放,堪称沙漠中的奇景。就算从离得最近的南加州海滨城市圣地亚哥开车进入尤马,下了高速路,也要沿着如耳道般百转千回的沙子路往里再足足开上五个小时,越往里开,干热的空气越给人一种安静得不能再安静的荒凉感,轮胎摩擦沙砾而产生的微小噪音也仿佛被放大了无数倍,这里唯一的社区只有百十户人家。相传,尤马镇是20世纪美国监狱曾经用于关押重刑犯的地方,四面环沙,犯人无路可逃,现在很多曾经的牢房都被改造成了旅游景点。镇子里的华人移民不多,但无人不知道老简,那是一个长得宛如毒蜘蛛的老女人:总挺着个大肚子,大马猴儿般的长脸盘子上长着向外突出的,两颗吸人精血的虎牙,一喘气儿,胸前的两只大奶就不住地颤动,肥胖的身形,如同一只匍匐在石头墙上的黑寡妇,织网以待,追捕着每一个误打误撞上的猎物,或是连哄带骗式地,吸干中国学生的钱财与青春。

老简曾经做过酒店里的暗门子、京郊的农民、亚裔婚介所的黑中介、美国基督教老头子的三婚头,也有寄宿家庭的老保姆。她租的房子就在尤马镇外,房屋四面都是沙漠,连接外界的唯一交通工具,就是她那辆破二手面包车。老简原来没有收入,就靠着她后老伴儿出租的、他母亲留下的一间平房勉强生活。平房位于移民聚集的贫困社区,原来的租客都是边境的墨西哥和亚裔移民:没有稳定的生活来源,几十口子陌生男女共用一个卫生间和洗衣机。一进社区就能看见一地的沾血棉签,用过的计生用品,空啤酒瓶子,烟头和带血的卫生巾,裸体的妇女稍微一转身,就在废旧铁片子搭建成的、四面漏风、几乎与外界完全连通的圈子里洗澡,没结婚的少女也能随口爆出具有性暗示的最下流的粗话。

老简四十岁的时候在北京再次离了婚,听说是她的老公再也受不了她总去那种地方。也有人说,老简先嫌弃她的老公是个酒鬼式的地痞。后来,老简就嫁给了一个大她二十岁的美国老头儿,他们和老头儿的儿子一起挤在社区另一间平房里将近七年。美国老头儿的儿子也没有收入,没有结婚,每天就抱着一只从垃圾站捡来的狗睡觉,一年都不刷牙和刮胡子,一次洗澡洗下来的污泥就能堵塞公共浴池的下水道。他对老简说,狗就是他的老婆。的确,羞耻心是要建立在金钱上的。直到三年前,老简突然脱贫了,搬离了原来的社区,就是因为她开始做了寄宿家庭的生意。小镇里开了一家人气超高的中餐厅,餐厅里的特色菜是介于中餐与美式炸鸡之间的美式中餐——橘子鸡。老简一家人搬到了中餐厅旁边的社区,她还特意租了一个带两个卫生间的公寓,听说是因为老简年轻时做过情色生意,肛门得了性病,做手术留下了后遗症,从此就再也憋不住大便,因此只要一有便意,就需要随时上厕所。

从中餐厅开张起,寄宿在老简家的两个富二代——苟鹏与马其,就一直靠着单独出钱从中餐厅里点餐吃。这两人学习不怎么样,吃喝玩乐那是样样精通,更重要的是,他们有钱,不仅给足了生活费,每日三餐还额外给老简加钱,要她从中餐厅里单独定餐。老简从中尝到了甜头,久而久之,她也就不再做饭,给志明吃的都是从教堂拿来的免费餐食和剩饭。这俩富二代,斜眼面对着认真学习的志明,哪哪都不顺眼,总拿他开涮,一会儿骂他是穷鬼,一会儿说他家里穷,老简似乎终于也找到了有钱人颐指气使的感觉,把志明当成可以任意欺负的小伙计。

志明是寄宿在老简家的另一个男孩儿。从北京高中毕业之后,志明来到美国亚利桑那州读一所小学校,一直寄宿在老简家。志明在高中时很不得志,那时的他心灰意冷,总是把自己的颓废精神寄托在周末教堂钟声的告慰里。就是在教堂做礼拜的时候,志明的家人认识老简:她那时可是把自己家说得天花乱坠,说自己慈善满怀,家里在美国有豪宅、洋房,不为挣钱,仅仅是因为上帝的仁慈才做寄宿家庭。就这样,按照老简的要求,志明一家提前支付了两年的生活费和学费。

每周五都是中餐厅里的特色菜——橘子鸡惯例打折的日子。

晚上八点,志明正扒着门缝,眯着眼,大张着嘴往外看,借着外面厨房依稀照进来的灯光,他看到了客厅桌子上放着一盘裹着金黄色酱料的鸡块,旁边放着一个塑料袋,袋子上印着的是熊猫中餐的图标。

“滚,滚,滚,这是我们少爷的!你不许出来啊,你的饭在你自己屋里。”老简拢了拢她自己焗的头发,如一条忠实的看家老狗,抖着腿坐在旧得露着海绵的沙发上,目不转睛地替家里的富二代看着中餐。直到过了好一会儿,光着上身,趿拉着拖鞋,嘴里念叨着电脑游戏的两个年轻男孩才走了出来,他们的眼睛发红,哈欠连天,看样子,昨天又玩儿了一个通宵。

“我的宫保虾和橘子鸡都是双份的吧?”

“我的鸡翅放辣了吗,阿姨?”

“少爷们,都按你们的要求做了。知道吗?今天中餐厅老板一看二位点了那么多橘子鸡,高兴得眼珠子都快蹦出来了。老板是个东南亚华人,会说中文。他看我打包,还问我是谁,我说我是保姆!”老简露着一嘴黄牙,乐得像一条哈巴狗,扭着屁股献媚。她转了转眼珠,又如同一只勤于看家的忠犬般,斜着眼向少爷们报告:

“我就才一眼没看住,差点把他给放出来了,亏我盯得紧!”

志明满眼鄙夷地看着老简见钱眼开的丑态,心里把这狗汉奸的祖宗十八代骂了一个遍,可嘴里却饱含了津液,悻悻地回了屋。桌子上只有半块吃剩的比萨饼,那是老简一星期前的中午从教堂免费拿来的,早干硬得让人无法下咽。“嘭——”志明重重地关上了门。可因为隔音条件不好,屋外客厅里两个少爷歌舞升平,一边打游戏,一边大快朵颐享受中餐的咀嚼声和飘进来的那让人不能拒绝的鸡块味儿让志明实在无法入睡。就这样,在床上强忍装睡了两个小时,待他们在嬉笑中散去,志明才终于走到了客厅。

餐桌上已经是风卷残云,满桌都是吃剩的鸡骨头和没蘸完的酱料。两个富家少爷吃剩的橘子鸡还剩了大半盒,啃剩下的鸡翅上还残留着不少碎肉，志明心中一时因饥饿而凌乱，竟然燃起一种冲动。志明刚想下手捡鸡块，老简突然从屋里冲了出来，打乱了志明的思绪，她对着志明就是一顿大吼，发号施令的语速快得如机关枪扫射一般："把碗刷了，桌子收拾干净了，他们啃剩下的鸡骨头不许扔，给我一根根捡到锅里，我明天拿骨头烩豆腐。锅要用洗洁精，碗冲干净后放进洗碗机，然后把昨天和今天的垃圾拿出去，再把客厅里的地拖了，狗喂了，最后出去把院子里的仙人掌修整干净了，还有清理两个少爷屋里的地毯、浴巾，十点之前，少爷的衣服要熨烫好了给他们拿进屋里去，不许忘了！夜里起来给少爷们冰好了明天喝的可乐，十一点前干完啊，不然水该贵了！"一边说，老简一边把两个少爷吃剩下的橘子鸡填进嘴里，"嘎吱嘎吱"大嚼起来，吃得她嘴角都是油。对于这样的待遇，志明早就已经习惯了，他虽然嘴上应着，但心里一想到剩骨头烩豆腐就升腾起一种恶心。

志明刚刚打开水龙头，老简立马骂了起来："你以为水不要钱是不是？啊?！啊?！"老简的口水喷了志明一脸，劈手就把水龙头拧到最小，直到水龙头里流不出成股的水流，一滴一滴地滑落。而志明也只能默默忍受这一切，直到干完所有的活计，关上灯，志明才拖着疲惫的身体，"啪"的一声关上门，面对着还要写到半夜的作业，结束了一天。半夜三点，志明饿得出现幻觉：躺在钢丝床上，他突然感到一股清泉流进嘴里，如奶油般顺滑，他试着咽了一口，喉头感到一股略带苦涩的清甜，让他猛然从迷瞪中清醒。他又下意识地擦了一下鼻子，果不其然看到一道湿润的红色液体，原来是鼻血——这已经不是第一次了。校医说，这是长期吃不到蔬菜水果，鼻腔里的黏膜糜烂造成的后遗症。可志明不敢用水洗，晚上的水是很贵的，老简到现在一定还没有睡觉，没准儿正躲在门后盯着他。他只好摸黑打开窗户透气，一股热浪袭来，随风而来的沙砾中带着撩人双眼的气浪，那是远方沙尘的余威。几只蛾子绕着门前的枯灯飞来飞去，一只壁虎在破得满是大洞的纱窗上爬行,没有路灯的沙漠里伸手不见五指。志明把上衣脱了下来,张开双臂,把全身都贴在墙上,希望让石头给肌肤传送一丝凉意。志明突然看见墙上贴着一块胶布,胶布表面还特意用不干胶封死了,好像是在刻意掩盖着什么。胶布贴得很紧,志明于是就用手抠,一层一层直到手指都出了血,才看到胶布后面隐隐约约的三个字:储藏室。字体已经被划得看不出来,他这才明白,原来,老简给他住的,是不能住人的储物间,怨不得如此闷热。他愤怒得想喊,可沙漠安静得吓人,唯一能告诉他这里还属于人类文明世界的,就是远方加油站塔台上那一直不停闪烁着的信号灯。

二

星期一天刚蒙蒙亮,天空中的星光格外美丽,北斗七星能从窗户的缝隙中看得很清楚,这倒是在北京的家里所不能观赏到的景观。被周末整个晚上干活折腾得疲惫不堪的志明,勉强睁开了眼睛。

志明打开手机看时间,四点半——今天又起晚了!

说时迟,那时快,志明翻身就栽倒在地上,破了一个大洞的钢丝床,狠狠摔了志明一个大马趴。

志明赤脚飞奔到洗手间,看到镜中的自己满脸是血。他打开水龙头,趁着一家人还在熟睡,轻轻地把血迹洗掉,又咕嘟咕嘟喝了个够。冰冷的自来水直接灌入他的喉咙,苦涩使他一下子瞪圆了双眼。驱散了困意,换了身衣服,扎好了围裙,志明开启了这分外忙碌的一天。

其实,美国大学的第一堂课,要在早上八点半才开始。但是两个少爷都有赖床的毛病,每天不到八点不会起床。只有老简像仆人一样,如慈母般,不厌其烦地,三五十次地叫早,才能把两位少爷从梦乡中唤醒。志明对于成绩极为看重,可两个少爷,却天天迟到早退,每学期挂科比及格的科目还多。老简早就看出了志明怕迟到,影响学习,就对志明说:“你要不想迟到,就每天把少爷们的早餐伺候好,反正我就送一次,可是不能浪费了我的汽油!”

志明为了不迟到,每天早晨必须做的,就是在凌晨五点,把冰箱里冰冻的鸡肉香肠化开煎熟,和面包夹在一起,小心翼翼给少爷们做成三明治,再送到老简的车上。被切成碎丁的鸡肉香肠被烤得“滋滋”喷香,粉红的肠衣被烤得带点儿焦黑色,油汪汪的,关火出锅,再挤上青苹果酱,夹在煎过的、裹着鸡蛋面糊的面包里,最后撒上黑胡椒和盐巴,这三明治散发出诱人的味道。而志明只有这样伺候,少爷们才能省出吃早餐的宝贵的二十分钟。另外,志明在早晨七点后,是不能使用洗手间的,一旦使用,少爷们就会以此为由,再拖延半个小时,志明的学分就没指望了。

八点一刻,少爷们终于醒了,梳洗打扮,从头到脚一身名牌,慢悠悠地走了出来。小少爷马其还没有睡够,揉了揉红肿发胀的眼睛,如软泥一般瘫倒在沙发上,打着哈欠:

“阿姨,今天中午我们自己去中餐厅里吃,你就别管了。”

“哎哟,少爷们起来了,今天睡得好吗?”老简一见又不用她花钱做饭,立马来了兴致。她俯身蹲下,看着小少爷的金鞋,溜须拍马:“嘿,今天穿的是什么鞋呀,怎么我看得眼冒金光?”

“喊,不懂了吧,这叫土豪金! 全球限量款,回头我穿腻了就送你!”小少爷摘下了墨镜,斜挑着眉毛,低头看着蹲在地上,满眼羡慕的老简。

“你不是还送了你女朋友一双呢吗?”

“就是那个和你在圣地亚哥一夜情的?”

这时候志明从厨房里走了出来,两只手各端着一个盘子,是两个少爷的早餐——鸡肉香肠三明治。

“去,给少爷们送车上去!”老简一见少爷们在侧,更是神气无比,就如同抗日剧里得了日本主子赏赐的翻译官,立马摇着尾巴为主人效力。

志明瞪了他们一眼,咽了口吐沫,端着三明治就往外走。

“别走,饭还没拿呢,少爷们出去吃,别说我又饿着你!”老简从屋里拿出了前天她吃剩的橘子鸡,没放在冰箱里,捂了两宿的橘子鸡泛出了一股恶臭味儿。两个少爷见状,一边说:“这连狗都不吃,看他吃不吃!”一边狂笑不止。

“伸手,拿着呀,你倒是拿着呀,哈哈哈!”少爷们和老简望着被生气、屈辱憋得满脸通红的志明,如同看一场小丑戏。

志明一句话也没说,根本没有接过这充满耻辱的橘子鸡,径直走上了车。

在老简的车上,志明见到了另外一个更加瘦小的,名叫“死疙的”的中年女人。“死疙的”其实是老简的老头儿给她起的英文名字,只是其他并不会英文的华人移民生生“异译”成了“死疙的”。

她是志明在这里唯一的朋友:这个身上穿着一件极其不合身的包身裙,皮肤松弛,眼角有一道深深的翳,皮肤显现出极为不健康的枯黄色,干瘦得好像只剩一副骨架的老女人,满头白发。她每周都会来到老简家,帮着老简给两个少爷买东西,搬运的大多是成箱的可乐、果汁和冰块。死疙的其实年纪才三十多岁,虽然又矮又瘦,却有的是力气,几十磅重的箱子在她的手里仿佛小孩子的玩具一样。老简会先送孩子们去上学,再带着死疙的顺路去买东西,所以死疙的会提前坐上面包车的最后一排。

志明觉得很奇怪,他发现,这个女人精神好像有点不正常:总是两眼直勾勾地盯着他,眼白发黄而无神,总像在发愣。透过车的后视镜,志明和她对视,打了个招呼:“您好。”

“早上好,明。”死疙的慢慢地回答他。

两个人静静地坐在车上，等了好一会儿，两个少爷才走出家门上了车。

志明放学以后，像往常一样，打算独自坐在校门里的长椅上打发时光。两个少爷去吃中餐，大多都会顺路去学校附近的超市购物，看电影，玩疯了才回来，老简只会等到人凑齐了才会接。

但今天，死疙的在志明还离着老远时就喊他，让他过来坐着。死疙的头发很凌乱，嘴角起满了死皮，裙子上掉了好几个扣子，斜歪歪赤脚躺在长椅上，两只拖鞋，一只甩在椅子上，一只在大门边，显得很邋遢。

“阿姨，您好吗？您怎么在这儿啊？不是陪着老简购物去了吗？”志明每周在老简的车上都会看到她，渐渐熟悉了，便问。

“好，我也是这个学校的学生，学的是按摩证书课程。”

“您是亚利桑那的长住民吗？您和老简很熟，是吧？”

“是，也不是很熟，天知道呢，我太惨了，王八蛋，该挨千刀的……我那时候特恨他！”死疙的突然开始语无伦次地讲述她的经历，故事的大概是：她的原配丈夫在外面偷偷地搞小三，把她和儿子抛弃了，离婚的时候，把她生生赶出了家门，她便独自带着儿子，后来又被骗嫁了一个常常家暴她的老公。奇怪的是，死疙的极其富有感情地讲了一遍她的经历，又自顾自地讲一遍，抽泣一会儿，又从头讲一遍，再哭一会儿，又从头讲一遍，志明连听了四五遍，简直有点发蒙，急忙打断了她：

“我还有事儿，要不，咱们改日再聊，好吗？”志明找了个借口，想要脱身。

死疙的却拽住了志明的手，很母性地抚摸，迟迟不愿意放开，志明感到很不舒服，猛一抽身，竟然都没有挣脱。

“您要干什么？先放手吧！”志明一下子警觉起来，他感到手掌间有一股特别的冰凉袭来，这个女人的眼神里拂过一丝暗淡，可她最终还是松开了手。

“唉,你的手可真暖和,可最终你还是得走了。”

“您没事儿吧?”志明轻轻用手碰了一下死疙的的额头,才发现她的脑袋烧得像个火炉子。

“没事儿,我真没事儿。我就是替她搬东西累着了,从老简家走到学校,足足要步行四个小时。我跟你说,你和我儿子长得一样可爱,高大帅气,我儿子现在上高中了,比你小,就在北京八十中,现在在他姥姥家住,明年就考大学了,你知道吗?就在燕莎桥,坐635路公交就能到,也能坐地铁10号线,你知道那所学校,我所有的希望……他和你一样,爱学习!爱学习!爱学习……爱学习!我很想他,就是没钱买机票,一直都没攒够。”也没人问她,死疙的就自言自语般重复了好几次,一提到她儿子,脸上突然有了笑模样,皱纹也舒展开了,稀松的牙龈红肿着,眼神中闪烁出几次光芒,几次充斥着眼泪,又几次渐渐暗淡下去,最后突然就平静下来不说话了。

志明又感觉到,眼前的这个有点疯癫的女人好可怜,就想和她再闲聊几句。

“您为什么每周都来伺候那两个少爷呢?”

“什么少爷,不学无术!”

“那您和简阿姨是什么关系呢?为什么要帮着她?”

“什么简阿姨,你说那条老狗?她就是条吃人的老狗!你要防着她,她是个老流氓。”死疙的突然坐起来正色道,双手死死抓着志明的肩膀,双眼使劲和志明对视。志明感觉她有点儿神经质,也只好顺着她说,死疙的激动得颤抖,流着鼻涕眼泪,说:“那个老东西,我就是被她给卖了,一生都毁了!”

志明没想到死疙的如此激愤,她一生气,胳膊上的青筋都暴涨起来。原来,“死疙的”是老简带头给起的外号,她原本姓周,前夫狠狠地背叛了她的感情,失魂落魄的她本来是来到教堂寻求安慰。正好遇到了老简,那时候的老简在婚介所给一位八十多岁的美籍亚裔介绍后老伴儿,于是就引荐在北京没有生活来源的死疙的。死疙的拢了拢头发,继续说:“最开始在中国的时候,老头子对我挺好的,给我花钱买衣服,买东西,承诺一辈子对我好,还对我说,让我的儿子有个家,我就轻信了。”

“那后来呢?”

“到了美国就不是他了,结婚以后,我有了绿卡,可他成天打我,我们没两年就离婚了。婚后我才知道,这老头儿是个变态,特恶心,癌症晚期,每天晚上还要没完没了地变着花样折磨我,他的双手的关节都变形了……”死疙的说着,就撩起了裙子,露出大腿上像冻疮一样一大片蓝紫色的伤口。死疙的大腿上的皮肤已经发皱萎缩,宛如一块已经开始腐烂的鸡胸肉。她又从包里拿出一瓶子黑色的活性炭,均匀地涂上,一边涂,一边骂:“老东西,他娶我就是为了找个人来折磨!”死疙的疼得使劲搓着手,流泪,哆嗦着大喘气,把嘴唇都咬出血来了。

“嘿,您得去医院,这样自己处理,伤口会感染的。”

“挂号费就得一百美元。我管谁去借呢?就上学的钱,还是政府免费给的助学金。”

“那您现在靠什么生活呢?”

“就在一个韩国人开的小按摩店,给亚洲人做足疗、精油按摩,我得省钱,还得给儿子汇些……”

“那您怎么还帮着老简?您不恨她吗?”

“怎么不恨!不就为了口吃的吗?”

“什么?她有吃的能给您?怎么可能?”

“怎么不能?每次我都跟着她去超市,给那两个少爷买吃的,超市里卖香肠的柜台,卖橘子鸡、比萨和熟食的柜台,都有用牙签扎着,让客人免费试吃的地方。我给那条老狗搬箱子,她就带着我去超市,我就能吃上肉了。"

"您和我一样,吃不饱饭吗?"

"吃的是狗饭!那个老东西,把她家的狗看得跟儿子似的,每天给狗做米饭,让我上教堂去,或者是拣点儿中餐厅里不要的边角料,有时候我饿极了,就抢她狗的饭吃。后来,我离婚了,成天也吃不上肉,这不才去超市里蹭吃蹭喝吗?"

最后,死疙的顿了顿,悄悄补充说了一句:"赶上超市里没人的时候,能吃饱。"

"啊?!"

三

志明和死疙的分别的时候,硬塞给了死疙的一块面包,说是用自己的钱买的,让她回家一定要多喝水多休息,又从自己的钱包里掏出二十美元塞给她,让她一定去买点药。死疙的感动得流了泪,她怎么推脱也没有推脱掉。

志明再一次见到死疙的的时候,是在第二个学期期中,老简家的宴会上。

老简的一位远房表姐要从中国来美国旅游,老简竟然主动邀请她们一家来亚利桑那做客,并在这里居住一个星期。

老简为了显示她的富有,人脉广阔,竟然要宴请小镇里的中国人来家里吃饭。

这可真是破天荒的一次,但小镇里一共也就只有三户中国人,还得算上老简家。头天晚上,志明破天荒地吃到了在老简家吃过的最好餐食——西红柿炒鸡蛋,炒大蒜,这当然是有条件的——志明要在表姐一家来的一个星期里多说老简的好话,夸她是多么的慷慨、仁爱、温柔。其实还有一点——老简想让她表姐的女儿寄宿到她家。听老简说,表姐的女儿曾经是北京一家中学的语文老师,后来下海到加拿大,挣了些钱,现在又想在美国留学,提升学历。老简早就垂涎三尺,想让她表姐的女儿寄宿在自己家,申请小镇里的学校。老简恨不得立马把表姐的钱揣在兜里。

第二天一大早,老简就带着志明去亚裔移民常去的自由市场上,买来了菠萝、橘子鸡块、菠菜和粉丝。也就是从那天开始,志明再也没有想吃过老简家的橘子鸡。

也不知道车开了多久,但志明清楚地记得,他们出发时天才蒙蒙亮,到达时太阳已经升得老高,老简终于带着志明到了尤马镇的一处自由市场。市场其实离老简家不远,但因为隐藏在墨西哥人聚居区的贫穷社区深处,七拐八拐,小巷纵横,道路泥泞,所以开车用的时间显得格外长。市场门口,停着四辆报废的加长型货车。赤脚穿拖鞋的墨西哥工人,一边抽烟一边坐在尚未拆解的成箱货物上闲聊。志明刚一下车,就闻到了空气中飘浮的一股恶臭。货车里放着的都是从各大超市运来的,卖不出去的存货,巨大的木瓜和西葫芦已腐烂了一大半,长着绿色的长毛,旁边写了一个标牌,Cheap——便宜,30 美分就可以拿走。长着绿色斑点的豆角和一袋袋搁置发黄的菠菜,被如山般堆积在货架上。美国餐厅里不吃的鸡爪子和鸡脖子在这里也能买到,用药水儿泡发的鸡爪子又白又嫩,这些边角料到了中餐厅一加工就成了凤爪。水产区更是一塌糊涂,臭鱼死螃蟹堆放得到处都是,如果买主愿意,也能买到低价的波士顿龙虾和冰鲜猫鱼,操着西班牙语,满身文身的店主正在大声叫卖。各种腐烂水果被随意地扔在地上,被当地人养的土狗踩来踩去。

橘子鸡在这里也有加工点儿,价格会比中餐厅里的便宜几倍,专为卖给这里的贫穷移民。仅仅和卖蔬菜的摊位一墙之隔,就是加工橘子鸡摊位的年轻人的混居宿舍:单薄的墙壁,矮小的房屋似乎除了门,就只能容纳下一张床。酷暑难耐,仅着内衣裤的当地妇女,大笑着坐在门前,互相比较着乳房的罩杯,甚至当街与情郎相互抚摸挑逗,有的人甚至把脚丫子和没有烹饪的食品放在一起。“这里的妇女以乳房和骨盆大为美,奶水充足有力气,这就意味着好生养。”又听老简说,这里的露水情侣,经常在享受一夜欢愉过后吞云吐雾,不知名的雾气让市场里都充斥着一股呛人的味道。但是这种味道和加工场里炸鸡块的油烟味儿,与刚洗过的文胸内裤上的廉价香水味道混合在一起,所以橘子鸡在这里并不是美食,而是另一种生活可怕的负担。背着各种乐器的流浪吉卜赛人一边唱歌,一边乞讨,甚至有胡子拉碴的老乞丐,在市场里,就直接躺在地上赤身裸体地睡觉。老简并不觉得稀奇,她熟练地和其中的华人讲着价格:

“吕儿道的啊(你知道的啊),我的家里有小孩,常来你这里买的嘛,便宜一点,再便宜一点!”也不知道老简从哪里学到的南方口音。

“简姐啊,挣钱不容易的啦,你……”大着肚子的东南亚华人,化着浓妆,赤脚站在货车上。她一边半裸着上身,露出乳房给孩子喂奶,一边给老简熟练地装着菜。她的乳房又大又长,泛出黑黄的小麦色,从连衣裙肥大的领口露出来,可能是常年喂奶的缘故,她乳房下垂得很厉害,坚实的粉红色乳头一动一动的,像一对倒挂在胸前饱满而成熟的西葫芦,在阳光下摇曳着闪着光。她的孩子们,有三五岁,一男一女,都光着身子,无忧无虑地在巷子里追跑。

“这是第几个呀?”

“第三个,怀的八成又是个儿子。”

“你这几年没干别的,光生孩子了吧?还做什么生意!”

“得了吧简姐,从镇子里向南开车两小时,出了国境就到了墨西哥的贫民区,那里的东西更便宜,你去买啊?告诉你,西红柿比这儿的还便宜不止一半!”

“你可真行,这一年,光是补贴,你就能养活一家子人。看你女儿,长大就是个美人胚子。”

“唉,生女儿有什么用,以后还不是嫁人?小子才能继承家业。”

“那你就再生几个小子,让他们都去打工,给你挣大把的美元,再说你除了奶子大,有什么可继承的呢!”

“你快别废话了,你下次还来照顾我生意啊,不许忘了!”

最终,老简仅仅用了不到一半的价格,就成功买下了一大袋子快腐烂的菠菜。“回家剁碎了搁在馅儿里,多放鸡精、味精,没人吃得出来。”老简自言自语。

志明终于看到了老简家橘子鸡的原材料:几十个大袋子的鸡块,被撕掉日期,整齐地放置在冰柜里,不知道已经冷冻了多长时间。鸡块透过透明的塑料袋,呈现出瘆人的惨白色。工人毫无生气地搬运着,从远处看,仿佛是一袋袋被肢解的尸体。冰柜上贴着一张红纸,写着:Hot(热卖)。和鸡块一起售卖的,还有冰冻的土豆饼、烧卖和台湾蒸饺,这无疑都是亚洲人最爱的食品。鸡块解冻后,下油锅猛炸,搭配上亚洲酱油和番茄酱……但一想到老简家的橘子鸡竟是如此而来,志明猛然感到一阵眩晕和恶心,可老简却能手脚麻利地从冰柜里把重达几十磅的鸡块拿出来。冰柜开门的一瞬间,一股冷藏塑料的味道喷出来,老简安慰志明道:“没有关系的,这些仍然可以吃,只是不新鲜了。”很多亚洲人都在市场里分拣着食物,从货车上不断卸下来的食物,越便宜越能引起人们的疯抢,其中不乏带着孩子的家长。志明的脑海一片空白,人群盲目得宛如一群蝼蚁在分食一具庞大腐烂的动物尸体,让人不寒而栗。老简即使已经占了很大便宜,仍然不舍得打开二手车的空调,当天室外温度高达四十五摄氏度,志明一个人搬运几十磅重的鸡块,塑料麻绳勒得双手生疼,志明很快便汗流浃背。

老简早就打好了经济账,请小镇里的中国人吃饭,吃米饭当然不行,太费菜,另外也显得不上档次。“一元店”里的菠萝都是大超市卖剩下的,经济又实惠。那天早晨,老简出门遛弯儿的时候,意外地捡到了五美金,就慷慨地买来了一年都不舍得买一次的菠萝。中午之前，老简就蒸出了一屉菠菜粉丝的包子，然后把包子像牛排一样，切成了一块一块的。没有日期的鸡块被下到油锅里猛炸后，浇上了番茄酱，被老简自制成了橘子鸡。一个小得可怜的菠萝，削了皮，老简把最好最甜的部分切成小块，送进了两位少爷的屋里，中间最硬的菠萝梗，和木耳炒成了宴会上的蔬菜，剩下的菠萝肉做成了沙拉，志明也分到了菠萝皮。老简终究还是老简，包完包子，已经用面皮擦得锃亮的炒菜锅，她还是舍不得刷，硬是往里倒热水，说是要沏汤，炒菜多一点植物油都不舍得放，憋了半天，又往锅里扔了两颗花生米，说这样吃饭少油最健康。

中午十二点，老简表姐一家人就到了。其他客人还有小镇里的一对中国老师夫妇和死疙的。进门时死疙的夹着厚厚的一本书——*Algebra and Trigonometry*，说是刚从学校下课，直接过来的。老简看见死疙的，没有了往日的挖苦、讽刺，反而笑脸相迎："哟，看看我们呐，这个真是个大学生了，瞧这大书！"老简一边看，一边装模作样地翻开书，似懂非懂地说："你看！这就是我们小镇里的学校，规模小，但是品质高，tomorrow(明天)我也去上一个'卡离职(College)'。"

死疙的没理她，回头对志明说："今天考试，unbelievable(不可置信)，我得了第一，没人以为是我！"

两个少爷自然不参与这样的宴会，他们一个个大门紧锁，中午不吃，晚上点外卖。

中国的教师夫妇自然不会占老简的便宜，他们来吃饭，还自带了炒河粉和咖喱汤，这样的午餐就显得很丰盛了。

吃饭的时候，志明很知趣地待在自己屋。过了一会儿，志明的屋门响了一声。

"谁？"

"饿了吧，给你！快吃吧，别让他们看见！"死疙的把头探进来，悄悄扔进来一盒子橘子鸡，小声对志明说。

“天哪！”志明的眼睛都红了！

“您从哪里买的橘子鸡，好贵啊！我怎么能收？”

“吃吧，中餐厅今天大减价！特意给你买的，我骗那只老狗，说是刚从学校回来。”

“您先吃吧，您……”

“你吃，你吃，快藏好了……”

“您听我说，”志明使劲压低了声音，“不要吃包子，也别吃橘子鸡，千万别吃，会拉肚子的，她买的是没有生产日期的……”

“我知道，我都知道，放心吧，这不是第一次了。不干不净，吃了没病。只要是有口吃的，就饿不死。”死疙的没等志明说完，就径直走了出去。

宴会就像老简所想的一样，菜色充分表现出了她的富足，有主食、沙拉、炒菜、河粉和汤水，简直就是美国贵族的生活标准。两个中国老师来赴宴，明显是醉翁之意不在酒，他们说他们的外甥女要来美国读书，就寄宿在他们家，也想申请小镇里的学校，这次是来和老简取经的。

“你的外甥女多大了？申请学校了吗？”

“二十八岁，国内工作了两年……”

“那是来学习的吗？赶紧找个人，嫁了，我这儿有现成的，中介费给你便宜！”

老简一看机会来了，也就没了不好意思，当着她的表姐，大谈她的生意经。说什么以前有一个女孩寄宿在她家，经常打扮得花枝招展，穿着露胸露背的衣服去学校搔首弄姿，引得学校里的美国人血脉偾张，后来在她的介绍下成功嫁人生子，此经历堪为她的经验之谈。老简越说越眉飞色舞，甚至当场给他们写下了一个电话号码，说争取让孩子毕业之前，先举行婚礼。

来宾刚退场,死疙的还没走远,老简立刻就恢复了嘴脸:

"哼,瞧那个死疙的,还上什么学呢! 自己都快吃不上饭了! 有老公养着上学,那才叫人羡慕!"老简说的是她的偶像,一位三十多岁的华人,嫁了一个快八十岁的日本商人,没有两年,老头子死了,听说老头子没有子女,名下有三套别墅和存款,全归了那女的。

"啊,真把自己当知识分子了,读书有什么用呢!"她表姐也说。

"怨不得叫她死疙的,脑袋真是个榆木疙瘩!"

"趁着年轻,还不找一个有钱的主儿嫁了。我知道的,有一个墨西哥人,刚刚二十几岁,四年生了三个孩子,有了绿卡,就能吃政府的补助,政府连奶粉、尿布都有特殊补贴,都不用上班了! 那身条,乳房、屁股,又大又圆,前凸后翘,哈哈……"老简说着,满眼的羡慕,用手在自己身上比画着,"她自己都说自己嫁的是三婚,五十几岁了,否则她早就靠着生孩子成为亿万富婆了。"

"是吗? 啊? 死疙的学的是什么啊?"

"按摩,我听说,去的人得脱光光。"

"那不是……哈哈哈!"

"不懂了吧,告诉你,我认识的一个姐儿,靠着拍裸片,挣了大钱! 你不明白,我要不是老了,早给人代孕去了,我一年就能生一个! 知道我怎么挣钱的吗? 我要是能劈开大腿做生意,早发了!"老简龇着满口的黄牙,发出瘆人的笑声。

"告诉你,要是咱闺女来美国,就住在我这儿,相亲包在我身上,我给她介绍教堂的美国人。"

沉默。没人理她。老简也觉得脸上无光,从包里拿出了绿卡,接着说:"看看吧,这就是人人羡慕的绿卡呀,这人到了机场,就是没人拦! 上次我回国,看到自由市场上卖苹果,进口的三十,国产的十块,我说,给我来十块的。卖苹果的小伙子说,您来进口的吧,你们猜猜,我说什么? 我刚从美国回来,想看看机票吗?"

她表姐接过来老简的绿卡，细细端详，可终究是没忍住，“噗”的一声，笑开了花。众人惊愕之间，发现老简的照片，两只眼睛惊恐地圆睁着，仿佛要被枪决的临行照一般。老简也觉得尴尬，赶忙说：“给你尝一尝，美国的苹果。”

“这种苹果我们在北京西城的超市里也常买，三块一斤。”

“不可能，这绝对得比你们买的上档次，我跟你说吧，起码得三块五！”

两个少爷中午不吃，一到晚上，就点了一桌子外卖，有中餐厅的红烧猪肉、宫保虾、橘子鸡和烤鸡翅。老简中午宴会上的菜品已经吃得差不多了，就问表姐想吃什么，表姐推说根本就不饿。再说了，还有飞机上发的两个小面包没吃呢！老简顺势就说：“那你们就吃这两个小面包吧，反正也不饿，一人一个！”

两个少爷刚把外卖拿进屋里还没十分钟就拿了出来，说不吃了。

大少爷苟鹏嫌弃鸡翅的酱料放得太浓了，不好吃！

小少爷马其厌倦了橘子鸡的番茄风味儿，也扔了出来。

老简打开他们吃剩的外卖，悄悄地对她的表姐夫说：“你看，还有不少肉哪！”

她表姐和姐夫一看，可不是嘛，红烧猪肉都没怎么吃，鸡翅根本就没有啃干净。

“那我吃一嘴！”她表姐夫用筷子夹走了鸡翅，津津有味地啃了起来。吃到最后，还把啃剩下的骨头含在嘴里剔牙，自顾自地说：“这营养，可以！”

她表姐想吃红烧猪肉，可就是菜太凉了，半天也没好意思说。

直到晚上十一点一刻，老简关灯睡觉了。表姐偷偷用老简的锅，热了热剩下的猪肉。悄悄地，连灯也没有开，在黑暗中吃完，然后打开水龙头，把锅和碗给刷了。

正刷着碗,突然,老简冲了出来,对她的表姐大声呵斥:"哎哟,你干什么!我不能闻到猪肉的味道!我有信仰!我是基督徒!"老简的脸都急得红透了,眼睛紧闭,赶快向天祷告,仿佛是犯了什么深重的罪孽。

"对不起,对不起,我好好刷了,给你多刷几遍。"

"啊呀,不行!你,你,你干什么,这时候吃什么呀!"

"到底怎么啦,我已经道歉了,这不是给你刷了嘛!你要不满意,我给你拿消毒水儿刷!"

"不是,快停下,你别现在刷,明天再说!"

"你不是不能闻猪肉的味道吗?"

"是水太贵了!还不快关上!"

四

老简第二天起得格外早,打扮得花枝招展,嘴唇抹得像个红血瓤。

老简带着她表姐一家人去了教堂,这是她和志明每周六都会去的地方。教堂建在四周都是沙漠的环形土丘上,在尤马镇的副中心,由一座礼堂和一座饭堂组成。奶白色石头包浆的墙体,灰黑色的瓦片,屋顶彩色玻璃的装饰,白色碎石头铺地,高大的厅堂,离得很远就能听到悠远美妙的钢琴声,两栋建筑矗立在空旷的沙地上,显示出教堂的神圣与威严。

"这里的一切都是教友无偿捐赠的,包括教堂的土地和房屋,整个教堂都是自己盖的……"老简骄傲地说,仿佛她也获得了无上的荣耀。

当然,老简是完全不懂英文的,每周去教堂只是因为她老公是那里的执士。

教堂的牧师身穿西装,站在门口,对每一个信教的家庭都报以真诚的微笑,给每一个家庭都分发了带有祝福的小册子。“Good morning(早上好)!”

老简也笑脸相迎:“Good morning!”但其实,她除了这一句,什么也不会。

教堂里唱起了圣歌,身穿洁白色服装的唱诗班成员在台上领唱,所有的教徒都肃穆起立,老简也站了起来,她的双眼噙着泪水,仿佛真的听懂了这些她根本就不知道在唱什么的歌曲。后来,教堂的牧师开始讲解证道,《启示录》中的章节,不一会儿,教友开始一个个地收集善款,用于帮助社区中的贫苦学生。

随着教堂前方的红色幕布缓缓打开,一个硕大的电子荧屏显示在众人面前。里面开始循环播放无法上学的孩子们渴望读书的笑脸与众生的苦难。牧师走到台前开始祷告,教堂里的座位上开始有了不少听众。牧师动情地说:“上帝的爱对于众生,都是爱,我们来分享爱。圣经里写道:‘God is love(上帝是爱)!’”他一边说,一边把手中的钱投入捐款箱中,他的妻子更是每周义务给教堂的印厂帮忙,来回奔走。

教堂里的人来自社会的各个阶层,有衣冠楚楚的牙医,穿着西服的白领,颤颤巍巍的靠着助步器勉强行走的老夫妇,还有大学的博士,也有刚刚移民、穿着救济来的破洞连衣裙的少女,但很多人都在箱子里放了钱,从一百美元到一美分,金额不等。一个黑人妇女的三岁孩子,吸溜着鼻涕,虽然跑得有点摇摇晃晃,但还把自己零钱罐子里的钱都倒在里面,丁零当啷,听声音大概有个十几美元。他的母亲脚有残疾,加上生活困难,一家人就住在房车里,开着车到处流浪。她拄拐走起路来一瘸一拐,为了防止孩子跑丢,只能把一根布条的一头拴在孩子腰间,一头握在自己手里,可就是这样,母亲仍然坚持要让孩子亲自把钱放进捐款箱。

“上帝赐福你!”一个中年妇女看到幼子的善举,高兴地把孩子抱起来,流着泪亲吻着孩子的额头。因为她面目特别和善,对孩子有耐心,教堂里的人都叫她小南希。

“我们保证,每一笔善款都将得到最妥善的运用,爱将播撒在人间。”挺着将军肚的鲍布执士,把手放在《圣经》上,对所有的教友说。

小南希家里的食物都义务捐献到了教堂的礼堂。

“阿门!”众人都下跪了。有一个执士,由于刚刚做完心脏搭桥手术,实在跪不下去,就干脆单膝跪在了椅子上,双手支撑着桌子,低头闭上了眼睛。

“他自己捐了两万美元,退休前是小镇上的牙医,真是个好人。平时自己就只喜欢吃点儿面包蘸果酱。”小南希眼眶湿润了,自言自语道。

老简坐在一边,大张着嘴,看着渐渐堆满钱物的箱子,半天没说一句话。

不一会儿,老简就和死疙的出去聊天了,牧师长达两个小时的英文证道,对她来说,就像听天书。

去哪儿呢? 对,是教堂的厨房,每周六中午,教堂的圣徒家庭们都会在一起免费聚餐。

老简总是会去帮忙准备,当然,她总是边做边吃,众人还没开餐,她先吃了个半饱。

餐食往往准备得很丰盛,有三明治、素肉、沙拉、水果、蛋糕,虽然是全素的,但是对于志明就像久旱逢甘露,是他每周最丰富的一餐。餐食是教众免费提供的,不仅仅对于教堂里的成员,附近贫苦的家庭、流浪汉和乞丐,也可以一起来吃,甚至刚刚从监狱释放,还没有地方落脚的人,也可以来享用这顿盛宴,只是不能浪费而已。由于志明每周都会在教堂里做义工,一位华裔美国人认识了老简一家。今天的饭菜显得格外丰盛,据说有好几个教友献出了自己的食物后就离开了,没有用餐。有一位牧师特意在家里就准备了一大盘子三明治,而小南希捐献的食物中,更有一盆盆新鲜的水果和奶酪。

开始吃饭了,老简自然挤在了吃饭队伍的最前头,手里拿着两个空盘子,嘴里还塞满了西红柿和面包。刚刚嚼完咽下去,老简就长叹一声:"唉,养志明可是真难啊,但是我们全家,看在上帝的分上,绝对不会放弃的!"老简拍着胸脯挺着胸,做出了最真诚的保证。

"志明怎么了? 没给您钱吗?"很多教徒问道。

"给了,给得不够,但我们能坚持! 我们就是要慈善,就是要奉献!"老简咬紧了牙,假话在此时也像秤砣般有了分量。

"你们看看吧,美国的学校,那是谁都能来的吗? 可是为了上帝,我们愿意承担经济负担!"

"啊呀,您真是个大好人!"华裔教徒把老简的话翻译成了英文,博得一片掌声。

中午吃饭的时候,老简的表姐拿了一个三明治,张口就要吃。

"嘿,别这么吃,没规矩!"老简赶紧制止她并做示范:老简把三明治放在了盘子里,用刀切成小块,像贵族一样,用叉子扎起来一小块,眼睛斜着看着别人,一边聊天一边吃:"吃饭时要一道一道地吃,从前菜到主菜,最后是甜品,这样才不失身份。"

她表姐从来没有用过刀叉,猛地用叉子一扎,把整个盘子都杵到了地上,老简也不浪费,从地上捡起来就吃,其他家庭劝了很长时间她才放下。

老简把垒得像小山一样的食物放在眼前,闭眼,双手合十,开始餐前的祷告,最后以一句极为庄重的"阿门"结束。

老简的表姐早就看透了这样的把戏和谎话,昨天还一起啃着富二代丢弃的骨头吃得津津有味,今天怎么可能又摇身一变,成了贵族? 但是志明的确是和死疙的吃了一顿美餐。死疙的一边吃,一边和志明聊天:"明,你现在学习怎么样?"

“挺好的,就是作业多。”

“我也是,现在我正攒钱考驾照,要不然老得求那只老狗。”

死疙的拿了两个三明治,吃得满嘴唇上都是沙拉酱,她把手里的面包两下子就塞进嘴里,接着打开了手中的电脑。

“您怎么现在还学习啊?”

“我在家,在家……”死疙的使劲把嘴里的三明治咽了,噎得满脸通红,“我租的房间没有网络,路由器一个月太贵了,我得借着这里的移动网络赶快写作业。”死疙的毕竟已经很多年没上学,很多数学题目都不会,甚至要从初中的因式分解开始学,志明趁着老简高谈阔论和大快朵颐,没时间顾及他,赶快给死疙的讲解和补习了很多知识。

“给您这个,阿姨,下次别老吃饭的时候学习了。再有不会的,可以随时来问我。”志明从兜里拿出一张便笺纸,在纸上默写下了很多公式、英文讲解和死疙的有可能遇到的学习难点。最后,志明还留下了自己的电话号码,叮嘱她,一定要坚持学习。

死疙的很感动,她把志明写的纸条叠成了一个个小方块,放在上衣内侧的兜里,最后还在志明额头上深情地留下一个吻:“你要是我的儿子该有多好。”

老简嘴上说的是慈善家的口号,肚子里也是吃的慈善家的事业,整整吃了三大盘子,每次都盛得像大山一样,连拌沙拉的汤汁,老简都用面包蘸着吃下去了。直到吃得打着饱嗝,挺着肚子,一口都塞不进去才作罢。吃完以后,老简又去拿了几个空盘子,把所有人餐桌上剩下的面包、蛋糕、沙拉全部打包,打得认真而仔细,连面包碎屑也用手捡起来了。最后,老简又连喝了五杯果汁,喝完说到第二天晚上都不用吃饭了。这把老简的表姐都吓坏了,怕她吃得太多会有生命危险,看她使劲揉着肚子,露出难受的表情,差点打 911 求救。直到死疙的悄悄说,上次小少爷马其过生日,请客吃自助餐,老简连着一个星期没吃饭,猛吃一顿饭,又吃得连着七天不能吃饭,最后仍然没事儿,表姐这才作罢。老简吃完了正餐,看到了放在教堂墙角里的一个大西瓜,就想切开吃掉。可是华裔美国教友却说,这是下一次聚餐的前期准备,实在不能提前打开,老简听罢才准备离开。

临行前,老简又对着教友一顿痛哭,诉说着让志明寄宿在她家的艰难,教堂里的几个执士都陪着掉了眼泪。最后,直到牧师从教堂厨房里搬出了六大瓶一加仑装的葡萄汁、五箱子饼干、七桶植物油、三袋子墨西哥旋风饼、大包的鲜奶酪和几十个橄榄罐头给她,足足有八十几磅重,老简才停止了这世界上最“感人”的哭泣。这么多物资,装得整个汽车的后备厢满满当当,很多教堂里的年轻人都来帮忙装车,每塞进一大箱,汽车尾部都会产生轻微的摇晃,一个小时后,老简才和一家人满载而归。

“不用担心,吃的不够,可以再来。”牧师充满同情地说。

“您可真是个慈善家,义务帮助孩子。”

老简回到家,看到两个少爷已经自己点了外卖,是从中餐厅点的橘子鸡和鲜虾蒸饺。大少爷荀鹏点了两份橘子鸡,一份多加了沙司酱,大少爷不爱吃,就直接扔进了垃圾桶。老简看见了垃圾桶里的橘子鸡,瞬间忘记了自己刚刚吃下的三大盘子食物,又把垃圾桶里的橘子鸡拣出来放进了嘴里,一边吃,一边吧唧嘴。小少爷看到她那狼吞虎咽的样子,滑稽又可笑,就一边笑,一边问:“阿姨,你今天不是刚在教堂里吃过饭吗?”

“饿了,刚刚差点没吃饱,今天教堂里带饭的人少啊,吃饭的人多啊,我总不能和老人们抢饭吃吧? 再说,谦让是我们有信仰人的美德。”老简舔了舔嘴唇,又把油光光的食指放在嘴里,猛地嘬了一下。

“那你这是?”马其一眼就看见了老简手里的蛋糕、面包和一大兜别的食物。

“这是我,这……”老简的脸上突然有了一种臊红,如同小偷被人当场抓住了手,“你们别管!”

五

从第二个学年开始,志明就没有吃老简家的残羹剩饭了,志明得到了学校的奖学金,手里慢慢有了钱。只是,老简并不知道这其中的缘由,但只要是不让她花钱,她也就慢慢放松了警惕。每天早上,志明都会在五点准时起来,为两个少爷准备早餐的时候,在书包里偷偷藏上一个黑色的塑料袋。老简每天也会做做样子,给志明一份前天晚上少爷们吃剩下的饭菜。志明从不争辩,到了学校,悄悄地找一个垃圾桶扔掉便是。奖学金提供了学院里的餐食券,志明再也不用为饿肚子而担心了。

可志明还是对拥有中餐风味的橘子鸡有着特殊的眷恋,那是在以美式快餐为主的大学食堂里根本不能吃到的美味。

志明终于等到了机会。

那是学校给予每个优秀学生的奖励,带着他们一起去购物。志明只是对老简说学校里有活动,而老简那天的心情也似乎格外好,不仅没有阻拦,还主动把志明屋子里早就破了个大洞的纱窗给换成了新的,也给脏得如同黑煤球般的褥子铺上了床单,还亲自用吸尘器把志明屋里的地毯吸了一遍,连墙缝里的壁虎都清走了。

就这样,带着满怀的期待,志明在傍晚踏上了去往沃尔玛的摆渡车,车上满载着来自各个国家的学生,大家身上背的和手里拿的,是大大小小的书包、加大塑料袋、简易购物筐甚至是购物小推车。对于国际学生来说,在这里吃到自己国家的特色食品,无疑是奢侈的。所以,大家都不得不自购大量食材,回去自己加工。志明刚一上车,就听到了来自日本的山口让子和男友亲密地讨论寿司的制作,印度的学生们都带上了早已空空的咖喱盒子,而在他这中国学生的心里,有的只不过是快餐店里油腻黏糊的鸡块儿。

志明从兜里掏出一张揉得皱了吧唧的纸团,里面详细地写着售卖橘子鸡摊位的位置。他挠了挠头,想起了昨天夜里看的视频。在老简家无聊的时光里,志明唯一的消遣只有在晚上把灯关上,用被子蒙住头,打开手机观看网上美食达人们发布的美食探店视频。而他也只有将口水混进梦乡,才能在遥远的梦里,把中国菜里的酸甜苦辣尝一个遍。

志明一边想着,一边下了车,径直奔向了售卖熟食的档口。一年了,志明第一次来到餐厅。炒菜的香气在吸引着他,如曼陀罗花蜜的香粉,勾引着志明肚子里的馋虫,让志明精准快速地找到了售卖橘子鸡的档口。橘子鸡在这里已经不是一份炒菜,而更像是美国食品文化中的一种烤鸡。烤鸡档口的工人正在将一只只整鸡从烧烤架中拿下来,外焦肥嫩的原味烤鸡热气直冒,工人熟练地将其放在塑料餐盒中,再往上贴好标签。随着"哧"的一声,志明从烤鸡的侧面看到了冒着油光的汁水,噼里啪啦地掉在餐盒里。

志明咽了口吐沫,抬头看到了排在他前面,正在等烤鸡的顾客。志明的两眼都发直了,他似乎出现了幻觉,又似乎是因为过度激动而满脸通红。多长时间没有吃中餐了啊! 但真正等志明排到了,他才发觉自己的怯懦。原来,橘子鸡和各种美式烤鸡都混合在一起,这,这,鸡肉怎么卖?! 志明挠了挠头,挖空心思也没能想到合适的英文词汇。最后,他脖子出了汗,只能说:"Give me four pieces(请给我四块)。"

售卖鸡肉的是一个熟练的黑人厨师,他当时就看出了志明在语言上的障碍,用夹子夹了四块鸡肉给他。志明一看小票,立刻就明白了,原来美国的橘子鸡是一块一块售卖的,四块橘子鸡,一共才不到 1 美元,也就是中餐里的半勺菜。志明马上说:"给我来十三块。"

厨师给他的,是一盒称好的鸡肉,盒子里还放着叉子。

志明看了看左右,一户户美国家庭都直接下手享受美食,孩子们一个个吃得满嘴流油,手里攥着鸡翅与鸡腿,母亲一手拿刀,一手按住整个烤鸡,三两下就把一只两磅重的烤鸡切分成了大块的鸡腿、鸡翅、鸡胸和骨架,烤鸡搭配沃尔玛的美式比萨饼,这简直就是美式食品的盛宴。可志明却一点儿也没有感到橘子鸡是一道中国菜,他问了几次,售卖的厨师都表示没有筷子提供。志明用叉子叉住一块鸡肉放进嘴里,鸡肉甜得他咽不下去,但志明心里感到好多了:成天吃学校餐券上的食物,他都快忘了什么是菜,什么是饭了。

志明双手有点颤抖地捧着橘子鸡和米饭,手心滚烫,心里有一股久违的味道,炒菜的香气直入鼻腔,深入心肺,他感到浑身舒畅而发热。他早已神智不清,眼神贪婪地扫着盘子里的餐食,刚刚付过了费用,都来不及找座位,就直接蹲在地上,打开了餐盒。狼吞虎咽般的前三口,嘴里的味道都无从分辨,只是机械地往嘴里疯狂填充,撑得他腮帮子鼓鼓的。志明吃着吃着,突然就流泪了,他突然想起了那一个晚上,被橘子鸡的香气强烈吸引而又被恶言赶回房间的委屈,第二天被用发臭的橘子鸡羞辱的无奈和心酸。可就算是流着泪,眼泪、鼻涕都和着橘子鸡一齐进入嘴里,志明还是在大口吞食。直到吃到半饱,志明才下意识看清楚塑料餐盒里的菜和饭,他叉起一块橘子鸡,近距离看,金黄到发黑的酱汁下,裹着甜到腻口的鸡肉。猛地一口咬下去,他只吃到了油炸面皮和甜酸酱的味道。

“吃着呢?”志明后背忽然被人拍了一下。

“谁?”志明一个机灵,脖子反射似的猛缩了一下,喉咙里顿时噎满了鸡块,混沌不清地问道。志明的大脑飞快地运转,他紧张、害怕,“是老简? 也许……天哪,不会吧!”志明生怕老简发现他有奖学金的事,这样的话,他连吃饱都甭想了。

“够不够?”咦,这声音好熟悉,莫非……志明猛一回头,突然看到了死疙的。

“您怎么在这儿?”志明又惊又喜。

“我怎么不能,就许你学习好,不准我是荣誉生?”死疙的气色看起来好多了,不仅胖了不少,脸上也有了难得的笑容。

“您一直在坚持上学?”

“是啊,我就算是不为我自己活着,也得为了我的儿子活着。我报名了学校的高级按摩课程,学习中医针灸,以后还能考取证书呢!我从这所小学校毕业之后,就去凤凰城,那里有政府的州立大学,我想了,从前我都指望着老公,指望着儿子,现在只有我自己看自己的眼光先改变,别人才能正视我。”

“来,你够不够吃,我买得多,再给你点儿。”死疙的说着,就把碗里的鸡块往志明的碗里塞。

“够,够,您自己吃就好……”

志明晚上从沃尔玛回到学校,特意用水洗了洗脸,确保没有残存在嘴角的酱汁,就如同什么事儿都没有发生一样,和老简一起回了家。可今天家里的气氛格外沉重,昏黄的灯光下,映出了老简如骷髅般阴沉的脸,特别是她那两颗龇出来的虎牙,在灯光下闪闪发光,让人心里发毛。随着两个少爷给老简带来了大量的财富,她开始把目标放得很长远,甚至想接收更小的孩子来这里寄宿。这回,她直接和学校、孩子的家长签订了合同,获得了监护权。她宛如一只挺着大肚子的母蜘蛛,伸着獠牙,巴望着一只只猎物送上门来,被她吃干嚼净,连骨头都不剩。志明料想有事情发生,赶忙说:“简阿姨,没什么事情,我回屋了。”

“你今天怎么回来这么晚?”

“学校有事儿。不是和您说过了嘛!”

“什么破事儿呀?”

志明没理她,红着脸,径直走回屋里。

“你先等等……我一会儿有事情和你说……您出来吧。”老简对着志明的小屋说了一句,一个男人应声走了出来。

“告诉你,这是我们三少爷——阿威的父亲!”

“告诉你的啦,我的儿子必须要有独立房间的啦,给你那么多钱,每天要有人送餐的啦。”中年男人长得又黑又瘦,脖子上戴着大金链子,嘴里镶着两颗金牙,赤脚穿着皮鞋,看着就像是中国南方的商人。

“是,我下学期就让他腾房子,搬到车库,一准儿误不了咱们儿子入学。您看他那间房子,怎么样?”

“那就好,我希望你尽快收拾,房间里要有桌子和新书柜……”中年商人抽了一口烟,慢慢地吐着烟圈。

“那您今天晚上还在这儿吃饭吗?我给您做……”老简一个劲儿地讨好,脸上开出了一朵朵桃花。

“不用了,我就是过来看看环境,我儿子下学期才来,相关材料……”

“我全包了,您放心。我这儿虽然偏僻,但是旁边就有中餐厅,您知道,橘子鸡可是特色,您瞧着,我保证让咱儿子呀,吃好喝好,菜肉管够!”

“那我回旅馆了。”

“您慢走,用不用我送您?我有车,您知道中餐厅在哪儿吧?有事儿说话啊……”

中年人刚走,老简就把志明从屋里叫了出来,横着脸说:“上次我表姐的女儿来旅游,我劝了她半天,她不来,我找到了下家,下学期又有一个孩子要来,寄宿在我家,你知道人家一年给我多少钱?”

志明没回答。

“一年,光管理费,不包学费和保险,三万美金!”

“人家要独立的房间,我告诉你,你下学期一开学,就搬到汽车车库去住,打地铺吧。”

“我……”

“你别耽误我赚钱啊，告诉你，我签了长期合同，这可是个金主儿。预付款人家都给了，中午我招待的中餐厅里的橘子鸡，还有点儿剩的，你给打发了吧。”

“可我还要学习呢?”

“你再敢废话，我就让你到墨西哥的黑店里打工!”

六

可志明终究没让这一天到来。

这是志明在老简家住的最后一天，光阴似箭，志明已经在这个家里住了整整两年。志明的成绩一直保持全系第一，各种学校比赛也屡创佳绩，同时，他已经完成了新学校的申请。那天晚上，志明回到家。老简刚刚签署了房子的续租合同，屋子里的地毯重新铺了一遍，车库里放着一个新的台球架子和飞镖靶。

老简还是那么盛气凌人，这次，她扔给志明一份盒饭，那是昨天少爷们吃剩的晚餐。

“看着啊，我对你不错，米饭里还有不少肉呢! 另外，明天你就收拾东西，去车库，两天时间，我就把你的屋子重新装修，新人要来了!”

志明当着她的面，把她的羞辱扔进了垃圾桶，酱汁洒了一地，还有一块儿马其啃剩下的骨头。猪脊骨上的肉已经被啃食得很干净，骨头上面还有一块脆骨儿，老简家的狗喉咙里发出了呜呜的低吼。这瘦骨嶙峋、通身杂毛的生物从车库里的狗窝摇着尾巴跑过来，眼里泛着骇人的绿光，径直叼起骨头，咔哧咔哧地咬着，口水四溅，最后猛地一仰头，直接吞了下去。

“呵，你以为你是财主啊，我告诉你，爱待待，不爱待在这儿，滚蛋啊，滚啊!”老简使劲挺着肚子，大声呵斥着，志明没理她，径直走回了屋。

“长本事了你,今天我让你吃狗食!”说着,老简真的拿出了狗食盆,把一杯过期的酸奶倒了进去,“咣当”一声扔在地上,狗马上凑过来,用舌头舔舐着狗食盆。“来抢啊,爱吃不吃!”老简神气活现,她等着,等着志明向她跪地求饶,想着如何继续羞辱他。

老简坐在露着海绵的沙发上等着,双方足足僵持了一个小时。

那只狗就卧在志明的门前,用舌头舔着门前狗食盆和地毯上的酱汁,看样子,已经足有一星期没吃东西了。

志明推开了门,说道:“简阿姨,明天我离开,再也不回来了。我家里给您的费用也不会再续了。”

“你!”老简喉咙里像被噎了个什么,愣着半天没说出话来。

老简这才看到了眼前这个年轻人的勇气和决心,她忽然慌了,瘫坐在沙发上。

美国下午七点,是中国北京的早上六点。

老简拨通了志明家人的电话,可志明的家长表示对此毫不知情,老简心里也犯起了嘀咕:“也许是这个小子自己和我置气呢,就凭他,离开了我,我让他寸步难行!”

同时,老简也想缓和关系,她开车去了附近的中餐厅,买了两份橘子鸡和米饭,放在了客厅里。两个少爷走了出来,以为这是他们的晚饭,抬手就要拿走,老简破天荒地拒绝了他们。

“神经病,这个老东西,还想不想挣钱了?”

“放着财神爷不伺候啊?”

“啊,这个傻瓜,给那个穷鬼吃干什么?”

老简头一次轻声细语地叫志明出来吃饭,这也是志明来她家之后,第二次受到这样的优待。第一次是两年前老简去接初到美国的志明,从洛杉矶开车回亚利桑那,他们整整吃了六天的方便面。算上那次,这是老简第二次主动给志明吃中餐。

志明也打开了门,手里拿着满满一盒橘子鸡,正大光明地坐在客厅里吃起来。

老简的脑袋轰的一下子。她突然又恼羞成怒,大声呵斥道:“不给你吃,不是因为舍不得!”说着,老简抓起一把橘子鸡,猛地塞进了嘴里,大嚼了起来。

志明没有反应,还是大口吃着鸡肉。

老简心里不甘心,可嘴上还是骂道:“当初,你们家给的钱,根本不够,不够! 我是看在上帝的面子上,才施舍你的!”说完,老简就把手里的鸡块,一股脑儿地倒在了狗食盆里,龇牙咧嘴的畜生,开始大口吞食。

“你把钱还我,你欠我一万美金! 不是人民币!”

志明看了一眼摆在客厅里的《圣经》:满屋的,不同版本的金光闪闪的《圣经》,照得墙壁很有光泽,也很仁爱和温暖。他想到了曾经在北京时对于老简家的憧憬,默默地说了一句:“晚安,明天我就不准备早餐了。”

第二天早晨,志明从房间里一出来,就看到老简木凳般僵直地坐在客厅里,眼神里充满了愤怒、惋惜、慌乱,还有点谄媚,有点绝望,面目狰狞得如同一块揉成一团的抹布,这个表情,无法用语言形容。

“早上好,简阿姨。”志明很平静地说,“我要走了。”

“走? 你往哪走? 就凭你那两条腿?”老简冷笑道,“想都甭想,没有车,在沙漠里,你寸步难行! 你……”

“别走了,别置气,行吗? 我这不也是让穷给逼得吗! 我老说你没钱,可咱们吃饭钱还有啊……再有,咱们还有上帝的情分在,你看——”老简又说起了软话,她打心眼儿里想让志明改变主意。

志明什么都没说,静静地推出了四个旅行箱,把钥匙放在了桌上。不一会儿,死疙的的车就停在了路口。

“志明,咱们该出发了,我刚考的驾照,送完你我还要开车去凤凰城呢,下个礼拜我就入学州立大学,这新车我还真不习惯……"

两年以后,志明再次得到了有关老简的消息。她已经因为财务破产无奈返回了中国,美国的房子是她临时租的,她的车是在二手车市场买的,就连给亚裔老头儿介绍后老伴儿的生意也没了。志明一离开那里,那两个富二代就因为长期迟到、挂科太多而被学校劝退,老简也自然失去了收入。再后来,美国老头儿的儿子因为偷偷给别人修车,出了事故,把那一间平房也赔了进去。

一年以后,三少爷阿威因为在校园里打架、酗酒,被学校开除,老简的监护权也被取消了。

志明再也没有见过老简,但橘子鸡他倒是经常吃,这个美食在美国各州都有售卖。

王炜宁,青年作家,香港中文大学全球华文青年文学奖获得者,作品见于《北京文学》《北京纪事》《青春》《散文选刊》(原创版)《读者》(原创版)等。

月亮手链

文——郑梦怀

世界在窗外向后方疾驰,没什么风景能入画作歌。他此行是为了见个人。这个人,是个友人。但推掉工作与行程,专门前来一座城,理性告诉他不值得,但有些藏于幽暗之处的东西驱使着他。哦对了,友人是个女性。他们两年未见,偶尔保持微信上的三言两语,最近聊天开始熟络,他也愈发觉得有一层薄纱隔着两个被欲望裹挟的灵魂。他此行是为了判断这究竟是层纱,还是一面墙。

她接了他,准备带他在大街小巷逛逛。这是座临近北方,地处南北交界的小城。在当地人的说法里,这里是个聚宝的地方,古时富硕,当下平和。一条市区主干道贯穿城南城北,这是沿海兴起的城市的典型特征。街上随处可见慵懒的老人、奔跑的孩子,这是小城才能有的惬意。他们走在这路上,就像走在史卷里一样。他只侧瞟着她,那种窥探是一种望眼欲穿和犹豫不决的结合。两个人,两只对向的手摆着不一的频率,听天由命一般,随着缘起缘落触碰着。我们吃点什么吗?车上吃得不少了。啊?哦不是,吃了点不算太顶饱的。那带你喝点牛肉汤怎么样,这边的特色,很鲜的哦。啊,好呀,早就听说过了,这次我来一是为了牛肉汤,一是……

卖汤的街市什么时候开张,只看看城市上空有没有黑鸦就行。现在它们懒懒散散地飞着,两两成对,三五成群。

他们走进一家店。扫健康码,绿色的,准入。我要一碗清汤,加一份碎油条。你要带点肉的吗,浓一点。好呀,浓汤,然后再来一份手擀面。好嘞,你们坐吧。嗡嗡嗡,消毒车,两侧洒着液体,那些水雾在空中舞动了几个旋,心不在焉地落在一个个没有计划的落点上。嗡嗡嗡,你来时人多吗,嗡,啊?不……你来时火车人多吗……多……哦哦。嗡嗡嗡嗡嗡……嗡嗡嗡嗡……嗡嗡嗡……嗡嗡……嗡。

人是不多,可我旁边有位狐臭大姐,她还老喜欢伸懒腰,我在最里面,只能把脸贴窗户上。哈哈哈哈。他注意到她戴着的那条手链,上面是个月亮,其他的地方银光闪闪,好像是星星一样的东西。汤端上来了,他把面往汤里一丢,嘬起来。我记得你好像大学几年都在戴这个手链吧。啊,我蛮喜欢这个款式的。是吗,是挺好看的,发个链接给我呗。啊?啊没事。尴尬,还好有汤。他又开始嘬面条了,速度快了点,足够让沉闷的空气有点温度。她把油条倒进汤里,一块一块的,四只眼睛看着油条慢慢沁进汤里,里面的空气渐渐排出去,噗噗地,冒着泡。气泡先是从底部冲向湖面,再从湖心向堤岸散去,逐渐减速,直到全部破灭。两人坐在刚建成的人工湖边上,静默无言。她看着远处夕阳,他假模假样地剃着牙里的肉屑,打发本来不该存在的时间。他的内心有点不耐烦,迫切想找一个使话题走向他希望的方向的契机。可她只露着淡淡的,不知是不是为了他而泛起的笑意。那温柔上翘的嘴角在夕阳的晕染下除了柔美,也总有一种冷冰冰的感觉。她在想什么,她为什么答应来见我,在她心里我到底是什么。那笑冷冰冰的,弯弯的嘴,就像她手上的链子那样,她和它都在九霄云外。

你说……

她在叫我吗?有戏!

你喜欢我的手链是吗?

是的。

语气坚定了点。她低下头,拨弄手上的星串子,月片子,星月环子。咱们去附近的晚集逛逛吧,在那里买的,蛮多好看的东西,你也可以当纪念品买一点。一个想法落地生根了,他就去找一个同样的,最好能看出来是对款的,然后把手摆在她手前,给自己坚决地戴上。好呀,太好了!还是第一次跟你逛街呢!他直挺挺地望向她的眼睛,想找点什么,想找一种能搭配着她的笑的东西,让笑变得真诚,变成真的光亮。眼睛是最真诚的,但也是最能骗人的不是吗,男人的眼睛是用来粉饰满是谎言的嘴,他们用语言拼凑的假意世界将女人的耳朵打磨干净,再用几个眼神来收割,不是吗……但女人的眼睛好到哪儿去?她真是,让人迷,也让人迷糊啊。先生!你的码!哦哦对不起,我扫一下。不知不觉中,她已经走在远处了,听见背后的大笨蛋被拦下,回眸一笑,嘲讽中带点俏皮,比那令人捉摸不透的微笑看上去好看多了。

扫码,绿色的,准入。天空中,稀稀拉拉的黑鸦飞行的路线笔直了不少,追前逐后,都开始往固定的方向飞了。他准备气定神闲地欣赏这座城市的晚景。集市上的人不多,不用担心被人流冲散。黑鸦飞走以后,天空静谧了不少,夜行动物开始逐渐从林梢中飞出来。它们无声静默,俯瞰这街,像是要弄清来者何人。风吹得很低,夹带了些洒水车遗漏的尘土,从四面八方而来,温柔地袭动着地上的暑热,也撩起身边人几撮细发,荡漾在某人的心里。因为客流不多,霓虹灯没有打开。夕阳落到了两侧古风建筑的后面,从第二层开始,那些仿黄鹤楼、仿岳阳楼、仿滕王阁的建筑都是黑黢黢的一片,让人感到有些压抑。不过好在有街边的小商小贩,他们才是集市的主角。艰难的日子里,他们努力生存着,原本只有游客声浪的步行街多了不少商家的吆喝。但看得出来,能生存下来的,要么是有过硬的技术,要么有不错的口碑。千篇一律卖首饰、梳子、扇子、刻名字的摊位已经少了很多,人像速写、人偶定制、手工糖果和巧克力、泥陶体验吸引了不少前来尝鲜的男男女女。那些代表着城市味蕾的摊位倒是依旧热闹,有的小贩把鱼汤做成了皮冻,混合着椒盐与酱油;做馄饨的极力宣传自己的肉馅来自哪片湖,有时甚至要精准到湖的哪条支流,还要混合着哪座山头出来的散养鸡。又淡又鲜的东西本来也不合他的胃口,用附近县城羊肉烤的串串一下子吸引了他。丰腴的油脂在炭炙之下滋滋作响,霹雳的火花迸溅出来,那是升温的信号,佐料临幸后,生与熟就这么顷刻转化。

你吃吗?

不,哈哈,减肥。

哎哟,总得让我也请你个东西吧。

那我要喝奶茶。

你不是说减肥吗?

哎呀! 再多嘴不让你请了啊。

淘气,可爱,白月光一般。

得嘞!

你好,来一杯芝士奶盖,半糖,少冰。

要少糖的。

哦,不要半糖,要少糖。

扫码点单。

好的。

从街西向着街东,两人开始你一言我一语地聊着。他吃得满口油香,这味道太够劲了,但也不得不顾及一下形象。她手中的奶茶倒是没见少太多,多数时间她都默默地听着身边人讲话,虽然不少话是些矫揉造作的幽默,但也尽量配合着莞尔一笑。她偶尔侧目一下,看看眼前这个专为自己而来的男人,微信上侃侃而谈的他此时丢掉了那隔着屏幕的自信,时不时要斟酌一下用词,有时可以从一些微表情看出气氛偶尔沉默时的懊恼。

那个……

怎么啦?

没事……

最怕空气突然安静。但这也往往是脑海中的碎碎念开始,更精彩的内容在两个时而相向时而相反的世界里流动着。可我今天终究得跟她把话讲明白,不是吗?我大概能猜到他在想什么,怎么回他好呢,我感觉我没做好准备。这么长时间,要是她也有意的话我早就应该看出来了。他有点猴急。这街怎么这么短啊!唉,快要到头了。就在这说,会不会有点仓促了。快到头了,他到底什么想法。构思构思,后面应该还有机会,转个弯再走走也行。随缘吧,随他便吧。说实话,那汤真不好喝,连辣子都没有。呀,这风吹着挺舒服的,走走也好。牛肉丝这么卡牙,我都多长时间没喝过汤了。哎呀,不能再喝了,肚子又长肉了,唉!嘿嘿,他卡牙了吗?妈的,舌头也够不到地方,附近有卖牙签的吗?噗!你笑啥啊?没事没事,你是卡牙了吗,用舌头顶腮帮子看着真有意思。唉,还好她不觉得丑。嗨,满嘴卡的都是牛肉丝。太好了,话匣子是不是打开了!他不接着说点什么吗?她咋不说了,还得我找话题?有点累了,他再没啥动作的话可能今天就这么一晃过去了。唉,再等等找个星巴克啥的。他不是来买手链的吗,怎么不跟我提了。明天应该还能约她出来吧,她应该不抵触我。嗡嗡嗡嗡嗡……嗡嗡嗡嗡,又来了,真讨厌。男人的快乐啊,她要是不在身边我看洒水车能看一天。好难闻啊。啊!原来喷的是药啊。嗡嗡嗡……今年比去年还要严。嗡嗡嗡嗡嗡……他打算住哪儿啊,好像还没定宾馆吧。她找的这街也不怎么样嘛,也没啥好玩的,至少得有个酒吧才行吧。不用主动问他吧,听着好像我打算跟他……痒,蚊子真烦!对了我记得前面是不是有家酒吧啊。喷这么多药水也没见把蚊子给杀死!男人是不是喝点酒才能看出来真面目。哎呀,胳膊被叮了这么多。要不……我晕!怎么连裤子里面都有。我提吗?我跟他说去酒吧是不是显得太轻浮了……赶紧洗澡赶紧洗澡。好像快到了,我记得音乐会外放。蚊子成精啊。嗡嗡嗡……动次打次……嗡嗡嗡嗡嗡……动次打次动次打次……嗡嗡嗡嗡嗡嗡……动次打次动次打次动次打次……嗡嗡嗡嗡嗡……动次打次动次打次……嗡嗡嗡……动次打次……嗡……

咱们进去喝点什么可以吗?

动次打次。

啊?

动次打次。

我说,咱们进去喝点什么可以吗?

动次打次。

好啊好啊!

您好,两位里边请吧。

给我个牙签,谢谢。

……

绝美,我从没有见过她这么美。

他没有拉住她,放她径直上了舞池的高点。三杯两盏过后,她撕下了伪装,把夜的性感披上了身子。他盯着她的身姿,在那交错的肢体,波浪形摇摆的腰腹之间,他的眼神逐渐迷离,背后的彩灯剪下她的倩影。黑色的身影，朦胧但有星星亮点，偶尔看得见一抹红唇，潮红的脸颊和额头上红豆大小的汗液。艳羡的红、嫉妒的绿、猥琐的黄、欣赏的蓝、望眼欲穿的紫、欲罢不能的金，五光十色，从台上台下袭来，混合着惊叫和欢呼。他沉默了，努力回想自己是谁，她是自己的谁。他想一步上去，搂着她，宣誓自己的主权。

对，她是我的，她终究是我的。不对！我忘了件事！

所谓事情的答案在台上舞者的手腕上。那月亮片子，星星串子随着她的手臂一起摆动，反射出的两点成为她全身上下最闪的地方。微醺的时候看什么光点都是泛着光晕的，只见半轮金月从舞台右侧升起，在空中划过一个半弧，然后快速坠落，在双腿之间快速摆动，紧接着又缓缓升起，掠过一对双峰，来到这片狂野动物聚集地的最高点。随后它运动的轨迹就开始不再规则，一会儿在灯雾之间穿梭，一会儿在地面上撑起一个人的重量，一会儿做着三百六十度的公转。公转的中心是一轮太阳，是他的太阳，他想拥抱，可是太过炽热，太过遥远。星星串子的光要弱很多，更多时候它们连成一条若隐若现的线，月亮飞到哪里，它们也飞散到哪里，跟着月亮一起迎接一排排的声浪海啸。台下那个孤零零的观星者看着台上绰约的身姿，陷入了痛苦。两个小时前，他们还在一个足够微小的距离喝汤散步，虽没有足够的暧昧，但也感觉唾手可得，不知道这是不是自己的幻觉，但他恐惧，看着舞台上恣意洒脱的生灵和周围觊觎的目光，他越来越担心那的确是幻觉。

你们闭嘴，你们闭嘴！她马上就要结束了，我马上要带她离开！你们看到她手上的链子了吗？那是……那是我送她的！那是，那是我们的定情信物！呦吼……你们别叫……我我我……闭嘴……美女看过来……滚……跳水！跳水！跳水……别逼我……这女的真厉害啊……先撤了，她扭完了记得帮我要微信，那桌妹子还在等着我呢……最后警告……怂个屁啊，我才不帮你……你最好别帮……

直接灌啊！怂货……你找死……可以可以，我看看附近哪里有合适的宾……哎哟！

台下瞬间作鸟兽散，惊叫声此起彼伏。老熟客见怪不怪地继续喝着闷酒，初次来这欢乐场的吓得躲到了一边。他和一个满身油腻、戴着金链子的大汉打作一团。金链子被打个措手不及，他的狐朋狗友却躲得远远地看热闹，留下他单方面挨着盛怒的铁拳。金链子的脸颊上挨了三拳，有点站立不稳，他还没来得及看清这等牛人是谁的时候，一拳又打在了他的“孕肚”上，里面的液体瞬间翻江倒海，酒腥肉臭搞得周围乌烟瘴气。不过看得出金链子也是混过的，马上调整好了步态，强忍着疼痛摆好了架势。旁边不相关的卡座和舞池依旧狂浪不羁，丝毫没有注意到这边有一个情种，一个精虫正把浮世荟萃的欢乐场变成最野蛮的动物角斗场。动物世界中没有理性的光芒，原始的欲望和情仇才是驱动人类行动的源泉。门外的招牌将里外分成两个世界，进入这里就意味着你将全身交给动物的本能，那些光辉的字词，启蒙、道德、正义、良知，在酒精和欲望的支配下全部让位。虚伪、放荡还有此时的暴力，这才是人类本真的样子。

铁链子、银链子、铜链子，各种各样的链子闻风而来，眼看形势就要逆转了。见势不妙，他冲上台子，拉住她夺门而逃。嘘叫声此起彼伏，唾骂和诅咒盖过了音乐。链子们穷追不舍，但无奈，大腹便便的他们想要在酒池肉林中自由穿梭太难了，不经意间就能碰倒一排酒墙。两个落荒而逃的人冲出酒吧，闪转腾挪在人群中，快速闯进一条幽暗的胡同。她舞技了得，但酒量实在不行，他甚至不能确定此刻醉醺醺的她知不知道刚刚发生了什么。猛酌后的醉意，舞池中的狂放，狂奔后的疲惫，她如一只绵羊一样软塌塌地趴在他肩膀上。白皙的背颈向上逐渐潮红，早已褪去唇彩的嘴中嘟囔着什么。衣襟透湿了，若隐若现的光晕惹得他无暇再去顾及是否已经彻底安全了。

上天眷顾,附近响起了警笛,两个不羁的灵魂暂时脱离了危险。下面该往哪里走,恐怕这已经不是一个空间腾挪的问题了。幽暗的灯光下,他也渐渐有了醉意和困意。些许平静后,他架着她向一个盘算好的方向走去。一步,两步,但似乎有一个脚步声在背后走向了相反的方向。他回过头,发现那也是自己的样子——另一个他冲着自己微微摇头。

我呸!虚伪!不然我来这一趟为的什么?

摇头停止,眼神中出现了他自己也从没见过的样子。一种似乎代表正义的审判,自己盯着自己。

你谁啊你?你什么时候这么高尚了!

笑,诡异的笑,不寒而栗。我没见过这样的自己。

什么?你说什么?我这样你觉得像个小丑?什么?你说我乘人之危?我刚救了她。

笑容收敛,眉头紧皱,怒了。来自道德的鄙视。

是,没错。我没救她,反而是差点害了她。可是……

凝视,没有任何意义,一片空白,好像连五官都逐渐消融了。

你为什么要出现?为什么要打断我?我已经横下心了,就差这最后一步了!你为何……你,你就是我吗?

残影消失前看了看胡同外。他随着那影子的目光一同望去。那是欲望和道德搏斗后芸芸众生的图景。夜幕之下,没有什么能阻挡一个个兽性的灵魂。躺倒的躯体横七竖八,被周围的来者们评头论足。最猥琐的形容词和名词灼烧着空气,燃烧起下流的声浪。一些“捎客”们开始出没,他们背上的躯干陷入死醉,成为战利品,其下一个目的地在哪里,没人知道,但所有人都知道。人类在经过欢乐场的改造后,已经没有人关心彼此第二天的命运,他们的生命停留在用分秒计算的未来之中,这是丈量快意的时间刻度。这里还是两小时古色古香的步行街吗？恐怕是也不是。他终于发现了，他打心眼儿里没有彻底融入这欲山望海之中的勇气。一种不知是懊恼还是解脱的感觉涌上心头，随之而来的是一阵空虚。空虚本是空的，可填满人心时，怕是超过任何一种天崩地裂的感觉。

一间大床房，谢谢。

您的房卡，身份证请拿好。

她躺在床上，他坐在床边，没有任何行动。没有比这更和谐也更不寻常的场景了。他静静地听着她嘴里嘟囔的话语，仔细分辨。他听到了一个名字，一个他并不愿意听到的。声音够囫囵，但那名字却也足够将一切画上一个句点。那是她大学时的恋人，那是逝去了整整三年的故人，那是为了救她奋不顾身跳入江水的恩人。

他救她的时候，他和她应该都戴着，一样的手链吧。

他问着自己一个早有答案的问题，一个显而易见的事实。

精疲力竭的身体中，所有的思考与力量都陷入了沉寂，它们原本是由情感和欲望驱动的，怒、悲、喜、哀、乐，这些人类体内一切物质和非物质的底层控制着中枢神经，进而控制着肢体和语言。肢体和语言营造氛围，是狂浪还是静谧，是浪漫还是诡谲，取决于两个灵魂的交合。它们也会消亡，就如此刻，但没有预想的天崩地裂，岁月它照样流转着，时间的暗河穿过城中的沟壑，流淌在一个个瘫痪的灵魂周围。他走过一个橱窗，没想到在这里见到了它。那是普通到再也不能普通的首饰，可偏偏就是朴素的东西才能如白月光一样永恒。他看到了镌刻在那上面的纹理，那是时间的沉淀，是匠心的雕琢，是不容一丝沾染，也没有什么能够沾染的圣洁。

嗡嗡嗡……嗡嗡……听说了吗？城东好像有疫情了！嗡嗡嗡嗡……不清楚啊，管他是不是我正买票赶紧回去呢……嗡嗡嗡嗡嗡嗡嗡……走吧走吧，真刺激，哈哈哈……嗡嗡嗡嗡嗡嗡……快点……嗡嗡嗡嗡嗡……嗡嗡嗡……嗡嗡……

是时候启程返回了。谣传得没错，城里又出了病例。看不见的东西驱赶着这里的生灵，驱向何处，没人知道。车站的玻璃开始映出微微亮光，那是反射的道路两旁的警灯，它们从沉睡中醒来，想要斩断这世间的恶。他透着微微起雾的车窗望向远方的星辰出神，那月光皎洁无比，旁边是一串串来自几十亿年前的光点。星和月透着倔强，想把一切照亮的光芒，星星点点落在城中，落在那条贯穿南北的马路上那些熙熙攘攘的车上，落在一两个无家可归的人委身的角落里，落在护城河僵死的泥沙里涤荡不休。靠在窗边的旅人闭上眼，试图让不安的灵魂入眠。月的薄纱轻轻地落在他身上，静静地，如同完成它的使命，穿过天和地的距离，洒落在所有的来者和去者身上。

郑梦怀，复旦大学中国语言文学系比较文学与世界文学专业博士研究生。

诗歌

Poem

好看的釉色（外一首）

文——韦汉权

而在山里，竹林在风中摇曳
此刻，也许唯有石头是沉默的
它们互相镶嵌着
脚尖跟着脚跟，勾连着
山村历史的断链

而总是有人选择此时的途经
或来践行，每次山与天空的参互
每次对视的眼神中好看的釉色
每次被揭开又掩盖

而你最终会举起灯盏,你要照亮的那些路段
阴湿中倔强的树蛙嘶鸣
失去节奏的马蹄声渐远
村东的歌谣此起彼伏
灯柱像刀刃,瞬间将村庄分割
他披着蓑衣走向山后,她们掩面而泣
你写下诗句

有篝火的地方

那天你来,和他们围坐,谈及山地里的一些植物
谈及太阳落山时闪光的米粒
谈及其中一条较平坦的
通向田塍的路径,最后
大家都小心翼翼地
谈及感动

并要求前一排人坐下,包括
一些未成年的女孩,并允许她们美丽
要求后一排的后生仔
要隔着一排大一个辈分的人
并允许向前看
向有篝火的地方看

当然,还有更多来不及描述的
比如曾移栽的桃花
以及三月三,那些繁复的底蕴
嫩绿,粉腮般的色泽

而很多人常常等不及，比如后生们
他们逾越栅栏，他们高呼：
“除非刀山火海的险阻，这一时刻，
并非祖训那么苛酷！”
她笑着，松开紧握的手，等他来牵

韦汉权，男，壮族，现居广西大化。广西作家协会会员。曾于《民族文学》《诗刊》《星星》《扬子江诗刊》《广西文学》等多种期刊发表诗文。曾获年度广西壮族诗人奖等。

古体诗词六首

文——王晋文

大学·志定

黑云力压栋梁,雷激昂。玉龙勇临破空击苍凉。声似震,汗如砾,精神藏。绿我绢滴绘它锦绣章。

大学·志砺

九月四日,十一连学子训练中遇雨,大喝不惧者无数,遂复练数次。已而入廊,练正步腿,抬久不息。无疑若金之砺于志也。故志之,命曰《志砺》。

其一·斗雨

正入军列整,忽逢屏翳行。
银针批军绿,暗帘遮天青。
啸风压灌木,踏水击蜻蜓。
大笑浴归去,苏子有路程。

其二·炼锋

廊外白雨乱彷徨,廊内学子砺锋芒。
足中力挺如锻铁,裳间汗洒似倾江。
一令绕百臂风舞,百志聚一虎号扬。
胫落仍惧作颤颤,纵使淬火又何妨!

大学·志炼

九月三日,紫金港学子拉练十四里以炼志,故略拣一二咏之,以赞此举,亦表吾等炼志之决心,德助力人之功也。

其一·勇始篇

孤灯寂夜繁星悠,灯下学子列如畴。
草间虫鸣珠玉器,树畔枝颤翡翠眸。
恹恹仍立青松志,行行不忘初心求。
松作坚针雨为线,要织龙虎解劳忧。

其二·破难篇

毒雾突出瘴似火,学子敢行勇闯功。
层层密防守唇齿,莽莽急遁走蛟龙。

势破风巅志高远,痛刺足腹力从容。
待到回首迷障处,天开清晓鹰来翀。

其三·触感篇

学子功成聚场中,教官指导素相从。
军装义士斗天泪,红糖好水败疲锋。
雨路总接坚毅路,歌声要振奋斗声。
已是天明夜终殁,且缮甲胄复始征。

王晋文,浙江大学国际校区2022级电子与计算机工程专业本科生。

散 文

Prose

望乡

文——韩毓海

1985年,跟着孙昌熙先生读鲁迅研究硕士研究生的时候,先生71岁,我20岁,先生带我,就像爷爷带着个淘气的孙子。

山东大学以文史哲见长,研究生,主要是学古典的,同学们入校后,学音韵的有,搞古文字的有,中文系的课程,主要是围着六经转,四书都是小儿科,大家整日抱着古书揣摩,导师督责得又紧,学生几乎个个饱读诗书,只有我一个,束书不观,每日以蹴鞠为业,终于有一天,孙先生大怒,对我发出三问:你是足球专业的吗?你以为现代文学凭空就成了个专业吗?你以为鲁迅研究是从来就有,从天上掉下来的吗?

他说,没有举国抗战,没有西南联大,哪有现代文学进课堂?没有毛主席的坚持,鲁迅研究怎么能成了大学里的课程?

我那时太小,对他说的这些,一概都不知道,我以为,现代文学、当代文学,这些专业,在于大学中文系,这原本就是天经地义的。

这当然不是天经地义的。孙先生是过来人,他说,五四新文化运动对于大学教育体制几乎完全没有什么改变,即使鲁迅、陈独秀、胡适这些人,要在大学执教,也得放下本行,去钻故纸堆,那才能站得住脚。当年“五四”高潮中,鲁迅到北大兼课,当然不敢讲厨川白村的《苦闷的象征》,只能教小说史。在抗战之前,就是在新文化运动大本营的北大,胡适讲的也只能是古典。就是在抗战期间的西南联大,闻一多也只能讲唐诗,朱自清讲古代文论。那个时候的大学,是绝对不允许新文化运动的任何内容上讲台的。

不过,平时还可以用保存中国古文化自傲,但到了人头滚滚、血流成河的抗战时期,背着卡片箱子,跑得最快的就是这些“国粹”,先衡山后昆明,最先到昆明的是搞声韵训诂的教授,钱锺书《围城》里写得一点都不错。

孙先生说,现代文学,这是真正的“国难之学”,在西南联大,在民族危亡、生死搏斗的时候,楚辞、诗经、朱子哲学、魏晋自然主义,这种课能保家卫国、能收复失地吗? 学生终于不满意,他们期望的是开鲁迅研究,是开抗战文艺运动,因为学生的压力,时任三校教育长的杨振声先生决定改革,开大一国文,这就把现代文学加到了课程里面。第一次开课,朱自清主持,由当时的青年教师孙昌熙讲古代部分,沈从文讲现代部分,现代文学进课堂,就此开始。

但是,风气还是难以改变,到了 20 世纪 80 年代,我读研究生的时候,山东大学的一位先生还说,只有那些不识字的,才去搞现代文学,末了又说,搞现代文学的人里面只有一个人识字,就是孙昌熙,但此人还是古典的叛徒。

孙先生是搞古典出身,抗战期间,他离开联大去考军校,准备打回山东老家,但军校太黑暗,只好又回来。回到联大后,在杨振声、沈从文影响下,开始写小说,从此才对现代文学产生了感情。所以罗常培先生说，他背叛了古典。

因为是古典出身，所以，孙先生一贯以为，中国新文学的根，在古典，不在外国。但中国古典学的基础，是文字，是声韵，新文学的基础则是白话。古典，难以表达现代人的生活，而白话，就不能达到王国维所谓古典的境界。比如，冯沅君“五四”时候写小说，写的都是情，都是怨，都是离别和感伤，但写成小说，却没有情节，皆是片段，充其量像散文，为什么？因为写情、怨、离别、感伤，这是中国诗词的境界，用小说来表达，那就隔了好几层。

冯沅君年轻的时候，提倡话剧，把《孔雀东南飞》改成话剧，自己演罪大恶极的焦仲卿之母，但很不成功。为什么？因为台词不行。中国的戏，是曲，没有曲，单靠说，那就是下里巴人说相声。这种经历，与李叔同相似。冯沅君后来不写小说、话剧，改去研究中国戏曲，终于成了大家。孙先生说，冯沅君能够成为戏曲研究大家，就是因为她过去尝试过新文学，反过来，才知道中国戏曲的特点，才知道它好在哪里。

孙先生说中国小说传统，一个是史传的传统，即历史演义，重点不是记言记事，而是刻画人物。讲中国小说传统，就必须讲《史记》《汉书》这个源头，另一个是神仙鬼怪传统，起源是《山海经》。他说，闻一多研究中国文学，最大的成就便是研究《山海经》。闻一多讲龙的故事，把汉族与苗族讲在一起，讲神仙和长生不老，把羌与汉讲在一起，神仙和长生不老的故事是西来的，齐国的姜，就是羌。《庄子》《楚辞》的想象力，与《山海经》一脉相承。只有搞过新文学，才能有闻一多先生这样的视野。

在西南联大，孙先生与朱自清、闻一多、沈从文是同事，杨振声是他们的领导，在山东大学，冯沅君是他的同事，也是他的领导，但他最崇拜的，还是鲁迅。

中国小说自来无史，因为中国的正史，是四书五经的历史，大学文科里讲的,就是这样的历史,鲁迅在北大上课,讲“中国小说史”,从而才有了中国小说史。

《水浒传》是谁创造的?宋史里关于宋江的记载,只有寥寥几句,只有强盗三十六,根本没有什么一百单八将。从南宋到明末,水浒故事是千家万户编造的,从宋代话本到元曲故事,几百年才一步步丰富起来,它的作者是无名的。与西方的小说不同,中国的小说是老百姓创造的,有心人不过做了整理而已。这就是鲁迅的观点。

山东大学的鲁迅研究专业,在全国开设最早。1951 年,华岗校长倡议开鲁迅研究课,他亲自主讲前半部分,课后不久,讲稿《鲁迅思想的逻辑发展》出版。而这个课的后半部分,则由孙昌熙先生与刘泮溪先生接着讲,后来助教韩长经也参与授课,韩长经毕业后担任华岗校长的助理,负责整理华岗的讲稿。

为什么山东大学要首创鲁迅研究课?不仅仅是因为毛主席喜欢鲁迅,原因之一,据说是华岗自己对鲁迅特别有感情,华岗被国民党抓在牢里,写了文章,通过特殊渠道送给鲁迅,文章还没发表,鲁迅就把稿费送来了,鲁迅之不怕事,敢担当至于此,华岗自然是念念不忘的。但是,作为山东大学校长和马克思主义理论家,华岗在山东大学首开鲁迅研究课,他根本的出发点,其实在于建立新中国的学术学科体系,而要建立新中国的学术学科体系,这就要从经典作家、经典作品、经典著作、经典思想出发,如此,当然就必须从鲁迅出发。在华岗看来,只有在鲁迅研究的基础上,才能真正扎实有效地建立起中国自己的文学史、文艺理论体系,只有通过鲁迅研究这个基础,才能建立起中国新文学的道统与学统,华岗校长之深谋远虑、高瞻远瞩至于此,有这样的校长,真是山东大学和新中国教育之幸。

那一年,孙先生 37 岁,应华岗校长的委托,负责开设全国首家鲁迅研究课程。先生既是作家,西南联大毕业后又曾经担任朱自清的助手,像朱先生一样,他的学术研究风格,原本主要是传统的评点与作家之感悟相结合，是比较偏向中国古典文学的，自从事鲁迅研究以来，先生的学术风格向着理论化、体系化、世界化方面迅速转变，先生是新中国哲学社会科学体系，特别是文艺理论和文学史体系的开创者。

我那个时候顽皮，不但没有愁，也没有怨，什么离别伤感的境界，一概不明，被孙先生打着读书，但不读中国古书，古书太难，字不认识，我读不明白，于是，就读西方的时髦书，读小说，就读西方的小说。卢卡奇说，西方的小说，是市民社会的史诗。孙先生说，这种资产阶级的东西，中国没有，中国有的是平民社会的神话。什么是平民社会的神话？他说是社会主义、现实主义，“三红一创”，“青山保林”。我说，这种公式化的东西我根本看不下去。孙先生说，这是因为你满脑子资产阶级市民社会，不知道农民当家作主，这是中国历史上最大的神话。

我能够在20岁的时候，什么事都不懂的时候，便有幸跟随先生学习，其实主要是由于先生很重视我父亲，先生对我父亲很好，那年，他对我父亲说，他已经71岁，原本不该再收研究生了，不过现在各方面要从娃娃抓起，为了从娃娃抓起，就破例再招一次吧！

1984年，由孙昌熙先生和田仲济先生主持的《中国现代小说史》出版，这本书的一半内容是我父亲写的，全书统稿也是他做的，家父是一个极为老实、低调、厚道的人，因此田先生和孙先生都很喜欢他、看重他，孙先生为这本《中国现代小说史》写了后记。这篇后记，展示了先生作为新中国学术、学科体系开创者高屋建瓴的视野与气魄，体现出那一代开创者的从容大度的学术自信与文化自信，体现了一个作家出身的理论家对于小说与小说史的深刻独到意识，更体现出孙先生高度凝练、高度概括、惜墨如金的刀刻斧凿的文风。其中，开头的四段如下：

读毕这部长达40万字的书稿，第一个感觉是：自从鲁迅先生写出第一部中国古典小说史,开创了中国小说史这门学科之后,又过了60年不平常的岁月,才有了这部不成熟的《中国现代小说史》。

自然,前不久,也有人写过《现代中国小说史》,但那不是中国人自己写的。中国学术界试图运用马列主义文艺理论,对“五四”以来的小说史料进行研究,写出自己的小说史,这是第一部。

这部书在写法上,也有一点新的尝试:那就是从史的角度,重点分析和评价新文学运动以来,随着时代的进展,不断出现的各类人物形象。

小说家的任务,就是在自己的作品里塑造新的典型人物。因而小说史就是不断创造人物的历史。它一方面是人物形象从粗糙到典型的艺术创新史,另一方面则是在各种各样的人物形象变化发展中,反映出时代生活发展史。

中国现代文学为什么能进大学课堂?孙先生说,就是因为抗战时期,国破家亡,迫使学者们最近距离地看到了人民的苦难,不得不与老百姓混在一起,去求生卫国。现代文学为什么在新中国成立后成为显学?归根到底,是因为人民和普通劳动者成为国家的主人。普通百姓,第一次进入中国的正史,就是从作为文学“形象”进入现代文学开始的,作家们把历史上对于神仙不死的想象力,赋予了劳动人民身上,这就是《山海经》的传统。这就是中国文学的伟大传统。

搞古典,需要闻一多那样的视野;搞现代文学,你就得有鲁迅那种学问的基础。

他教训我说,你成天赶时髦,去研究西方社会学,但没有中国的基础,这样下去,你就把路给走歪了,将来再扭转,那就太难了。

等我明白孙先生这些话,已经太晚了。稍微明白点事,我的导师却已经不在了。

2023年2月，家父住院，躺在病榻上，我拉着他的手，把孙先生的《中国现代小说史》后记读给他听，我逐字逐句地读，父亲认真地听着，一篇读罢，父亲静静地说："麻烦你了，请你再读一遍吧。"

于是，我又读了一遍，父亲平静地对我说："孙先生了不起啊！要建立一个新的学科体系、学术体系，要几代人埋头苦干，孙先生、田先生是领头的，真不容易啊！"

人对于自己的故乡，过去的朋侣师友，感情总是很深的，是很难忘记的，到老年，更容易回忆、怀念这些，我的父亲当然也是这样。

先生文集座谈会召开这一天(3月25日)早上，父亲再次进北大第一医院急救，我焦灼地等在ICU门外，不能参加先生文集出版的座谈会，我非常内疚，因为先生不仅是我的导师，在我心中，他也是我的爷爷，想到这些，眼泪止不住地流下来。

"阳月南飞雁，传闻至此回。我行殊未已，何日复归来。江静潮初落，林昏瘴不开。明朝望乡处，应见陇头梅。"

迟到的春天总是要来的，这个世界会变好吗？人生在歧路，要想努力扭转，似乎也来不及了。望乡的游子，竟不知何时能够回到故乡。

韩毓海，本科和硕士就读于山东大学中文系，后考入北京大学中文系现当代文学专业攻读博士研究生，现为北京大学中文系教授，著有《新文学的本体与形式》《锁链上的环：启蒙主义文学在中国》《红玫瑰到红旗：变迁的中国现代观》《知识的战术研究——当代社会关键词》《天下——江山走笔》《五百年来谁著史》等。

用生命去完成一首诗

——我与诗歌的种种

文——王泽妍

有人说:“喜欢一个人,始于颜值,陷于才华,忠于人品。”我与诗歌,大抵就是如此。

一、我与诗歌

我与诗歌的故事,是从我父亲开始的。从小学时候父亲教我读第一首诗开始,似乎就已经感受到一种别样的触动,当他站在小院子里教我念着,“床前明月光,疑是地上霜”,我看着月光透过积灰的纱窗落在我的小房间里,忽然之间,不是棉花糖融化在口中唇齿留香的甜,而是朦胧的美糊在心里头,说不出的曼妙与和谐。我不知道“床”的实际含义是什么,不知道“霜”是什么,不知道什么叫押韵,什么叫意境,我只知道,我喜欢。

后来是家门前小河边的“孤帆远影碧空尽”和“桃花潭水深千

尺”，是烟柳时节的“万条垂下绿丝绦”，是落雪时候的“千树万树梨花开”……我说，我喜欢这些美丽的文字，她们带给我的触动就像在听歌在赏花一样。我看见父亲的眼睛湿润着，像是感动，也像是自悲——他总会在给我讲诗的同时叹息他的陈年往事：因为没钱买草稿纸，他会把诗歌抄在奶奶药店的药品说明书反面，因为偷偷跟着老师傅学二胡，被奶奶抓住说他不学无术，以及，因为经济原因，最后，读了中专继承了奶奶的药店……后来的我流着泪将父亲的往事一点一点拼接，我终于意识到，在这个落后的十八线城市的某个小村子里，还有一个人，心里积郁着对诗歌未竟的梦想。我也意识到，父亲走了一半的圆，将交由我来走完。

可能也是受父亲影响，我从小性格内向，不喜欢玩具，但唯独偏爱文字，幸运的是，我遇见了和我一样喜欢文学，喜欢诗歌的同桌。我们在月下的操场玩飞花令，青春期的我们偏爱那些华美的诗句和意象，从“滟滟随波千万里”，到“枫叶荻花秋瑟瑟”，我们心灵颤抖，我们欢喜振奋；我们在某节沉重压抑的数学课上传纸条对诗，没有和谐一致的韵脚，没有固定格律的平仄，有的只是满心的愉悦与抑制不住的激动，“风沙倾黛山，流光吻苍栏”，初中的我们就这样享受着诗歌带来的最纯粹的天真。

到了高中，小城市重理轻文，我本着“为了大学能更好地学习文学”的理想，选择了理科，可谁知，这是违背初心的选择啊，而所谓“竞赛班”三年的高压更为我增添了无限的抑郁：连下课读一本与课堂无关的诗集都要背着班主任，我只能在冰冷生硬的公式、在无尽的苦海里挣扎。我难过，我后悔，离开了才知道，诗歌已经成为我生活难以割舍的一部分。我想，如果再来一次，我一刻也不要放弃诗歌。所以啊，常常在计算着数学某个常量或者写着物理某个公式时，我突然念了一句“天长地久有时尽，此恨绵绵无绝期”或者“十年一觉扬州梦，赢得青楼薄幸名”，把同桌给吓了一跳，弗洛伊德将之称为“潜意识”,那时的我也并不懂,我只知道,我很想读诗。高三的时候,余秋雨先生推出了有声版的中国文化课,我当即买了 mp3,戴上围巾、耳罩,再戴上帽子,将耳机和小小的 mp3 藏得严严实实的,在课间,在午休,偷偷听着,温柔儒雅的声音,给我沉闷压抑的日子带来方寸欢喜,方寸感动。

终于等到高考结束,我得知的却是,理科生不能选择文科专业,我面无表情,却斩钉截铁,说,那就转专业吧,一次不行两次,两次不行三次,实在不行,退学到高中复读。我知道,到那时,诗歌对于我来说,已经不是我生命的一部分,它就是我的生命。

幸而,我来到了中文系。心里的白月光终于照进了积灰的纱窗。现在想来,仍是满心的感动。

二、诗歌里的生命表达

有人说,诗人所以写诗,无非就是贤人失志。我想,或许很多时候写诗并不是为了去给谁看,而只是一个过程,在这个过程里,诗人完成了他自己生命的表达。

初高中应试教育的手段让我很长时间浮在诗歌的表面,拆解意象、对比赏析、结构公式、情感模板,通过某些意象组合的公式推出诗人的情感,通过某些词汇赏析诗歌的语言,虽然那一句句解析看起来专业又高级,但诗歌却渐渐变得僵化、孤立、失去自己的生命。到了大学,当我重拾诗歌,挣脱曾经的固有认知,我终于回归到了诗歌的本质,文学的本质。我越是读诗,越是意识到,诗歌之所以触动人心,不是因为意象的选择和语言的组合——那只是一种表层的表达方式,最核心的,是内在的情感机制,真正的诗歌啊,它们不是写出来的,而是插在心里的刺,拔出来,流了血就成了诗。好的诗歌,是用生命搏动的血,是诗人与每一个人汹涌的情感共鸣、与世界的脉搏共振。

就像李白的“抽刀断水水更流，举杯销愁愁更愁”，或许最感人的不是这样那样的修辞与手法，而是隐藏在诗句背后那巨大的磅礴的落寞。我们可以通过诗句看到诗人写作时候心灵的悸动、生命的颤抖，还有灵魂的呼啸，他通过诗歌来表达自己，最后在诗歌里完成自己。诗歌的终极，不是意象通过表现手法排列组合所营造出的字词迷宫，而是通过文字对生命的关怀，对情感的诉说。写作一首诗歌，是从感性到理性再回归感性，诗歌最终还是忠实于自己，忠实于情感。李白，他就是这样，他在诗歌里已经完成了对自己的建构，在诗歌里将自我流放，又自我救赎，他的生命价值在诗歌里得到重组。

是的，所有的繁华最终都会落尽，悲伤都会终止，一切终究不过是过眼云烟，最终也就是“好一似食尽鸟投林，落了片白茫茫大地真干净”，短暂的人生里，我们的得到是偶然，失去也是偶然，生命的本质是虚无的，生命的意义是自己赋予的，得到或者失去，是喜是忧，全在于自己，世界变幻莫测，生命汩流不及，不能改变的唯有自己，事实上，生命的终极意义也就是完成自己。诗歌的内容与形式同构，诗人的思想也与世界同构，诗人在诗歌里自我完成，那么世界就已经不再是最初的世界，而是真正赋予了意义的世界。

时间是没有意义的，有意义的只是杯中酒，酒中诗，诗中人。那宏大的生命也就只需要这么一个小小的落脚点。

三、从一个诗人到一首诗

英国诗人王尔德说：“From a poet to a poem, I would dare to say.”当有一天你发现，你还没有写诗，诗就已经在那儿了，像掏不出的闷雷翻滚在胸中，像浓浓的情思糊在心头，世间万物都可以成诗，你也终于，从一个诗人变成了一首诗。你终于在一首一首诗歌里完成了自己的全部，终于抵达了内心，抵达了生命的终极，你不再是诗人，你是世界的血。

就像李白终于扑向了他理想的月亮，此时，他没有写诗，却完成了一生中最宏大、最漫长、最浪漫的诗。他完成了一生的理想主义，他用一生的理想与追求去写诗，他写了一生的诗，每一首诗都是一个自己，在某个时间某个空间的自己，作为宇宙碎片的自己。他写着写着，终于把自己也写成了一首诗，他用自己的生命来完成这首诗，这首褪尽了尘俗一切的、干净的、澄澈的史诗，他又在这首诗里一点一点完成他自己，凌驾时空的自己，无数众我凝聚的自己。所以，此刻，他是诗，诗是他。

也许世人会认为他过于天真，但是，“未经世事考验的天真是可耻的，而尝尽离合悲欢，知晓岁月沧桑之后的天真，却是蚌壳里的珍珠，有着自己的光彩和硬度”。诗人都是晚熟的人，过早地成熟往往标志着他的诗歌已经达到了终点。李白便是这样，直至生命的最后仍然保持着至纯至性的“天真”，这便是他面对世界的回应与态度。

也许世人会替他感到遗憾、惋惜，但，就像林妹妹来到尘世走一遭，还完泪就离去，她便已经在还泪的过程中完成了自己，为什么一定要将她留在尘世，用世人的标准去衡量她生命的意义？或许让她留在尘世反倒会更让人痛心吧。同样的，李白在拥抱水中月的那一刻，他就已经完成了自己，完成了生命之诗，已然无憾了。

常常有朋友问我，你为什么能如此坚定且坚持自己喜欢的文学？诗歌不可食，不可用，你究竟为什么要读诗？为什么想写诗？我想说的是，我在诗歌里找到了我自己，完成了我自己，而诗歌又在潜意识里将我纯化，引导我追寻爱与美，直到有一天一切成为自然，成为习惯，直到有一天诗歌融入血液，而我也终于完成了自己本作为世界的一首诗。

我知道，不是每个人都能像李白那样写出如此动人心魄千古流传的诗句，但每一个诗人的诗，都是一种独特的生命形式，像漫天星辰，像万家灯火，互相照亮，又互不干扰，每一个诗人都是一首未竟的诗,他们正在以自己独特的方式完成着自己。

四、归途

转眼进入文学院读书已经半年了,在这半年里,我因为辗转了四年最后终于能进入自己喜欢的专业学习而窃喜,但也不可避免地误入过歧途。有一段时间我总是以文学史的观点为底色来看作品,将唐诗就只是当作唐诗,宋词就只是当作宋词,诗人在什么年代什么环境下写作这首诗,他遇到了什么事情然后写作这首诗,那段时间的我,主要从外部环境来看诗歌的价值意义;也有一段时间我更偏重于从文艺美学的观点来看诗歌,试图将诗歌解构,过度关注它的结构与审美意义……种种歧途,好在,我最终还是找到了归途——

文学,不是哲学与艺术学的表达,不是社会学与历史学的应用,文学,它就是文学:以文字的感性关怀人类情感,抒发人的生命体验。文学,情情,情不情。

我感谢我的父亲,为我在湖北一个十八线小城市的农村里,种下一首诗。感谢我的老师,让一次次误入歧路的我终又找回文学的本质,教我以性灵,教我以爱与美。也感谢诗歌,让我在车马倥偬的世界里心中仍留一片清明。

多好,就算生命虚无,意义消解,我仍会用力去爱着,在爱里完成诗歌,在诗歌里完成自己,为整个世界赋上意义。

你看,那月光,又照进纱窗里了呢。

王泽妍,山东大学文学院 2021 级本科生。

非虚构

Nonfiction

关于吕荧先生离开山东大学的有关情况

文——杜泽逊

张洪刚同志函云:吕荧离开山东大学时间有以下记载:

1.吕荧《我的小传》:1950 年去青岛山东大学任教,1952 年冬到北京人民文学出版社工作。

2.吴腾凰、潘怡、潘悦《吕荧年谱简编》:1952 年春末,经上海震旦大学何满子介绍,去上海新文艺出版社从事翻译工作。

3.赵洪太(山大外文系 1950 级学生,曾听吕荧先生课)回忆:于 1952 年初不辞而别,离开了山大。

4.吕家乡(山大中文系1949级学生,曾听吕荧先生讲课,任课代表)《怀念吕荧先生》:吕荧先生出走的时间大约是1952年3月,他是只身离开的,两个小女儿仍留在山大宿舍里,由原来的保姆照看。

5.王冰《我的老师吕荧》:1952年1月放寒假了,我们几个学生凑了点钱买了点礼品去拜访吕先生,门上却挂了锁。邻居说:吕先生放寒假的当天晚上就带着两个女儿走了,没向任何人告知,谁也不知道他到什么地方去了。

根据洪刚同志所告材料,1952年初吕荧先生离开山大,不辞而别,到上海新文艺出版社从事翻译工作,当可信从。

霍旭东先生1952年考入山东大学中文系,据霍旭东先生电话告诉笔者,10月才开学,"文艺学"课老师为吕荧先生,霍旭东为课代表,曾两次去见吕主任,反映同学意见:讲得太深。又说:热天还穿棉鞋。吕主任声音低,亲切,客气,但很严厉。开始讲延安、东北的群众文化运动。他强调:不参加群众文艺,要搞清楚文艺理论不容易。霍先生又说:由于开学晚,很快到年了,学校希望少放假,所以只放假一周。过了春节,第二学期仍是吕先生讲"文艺学",才几天,先生走了。吴富恒教务长接了他的课。霍旭东先生说,第二学期他接了班长,前面的班长姚文珊当过国民党警察,不让他干了。霍先生虽年高,但记忆尚佳,一切正常。霍旭东先生1952年10月开学所制《学生学历总表》(上注"1952年10月制")近已由李振聚、张洪刚从山东大学档案馆查到并拍照发给笔者,霍先生回忆亦为1952年9.10月份入学。

吕荧先生既于1952年初"出走",倘未再返回山大,则为霍旭东先生讲"文艺学"即为不可能。然则吕先生1952年初赴上海新文艺出版社工作,自为临时性行为,在山大工作关系自不能解除,则1952年10月回山大为大一学生讲"文艺学"仍属正常。1953年初正式脱离山大,到北京人民文学出版社工作,亦属正常。吕荧先生1954年

3 月写《我的小传》云:“一九五〇年去青岛山东大学任教,一九五二年冬到人民文学出版社工作,一直到现在。”对 1952 年初从山大出走赴上海文艺出版社工作这段经历不作叙述,说明 1952 年初从山大不告而别赴上海新文艺出版社属于临时性行为,并非“人事单位”上的正式变更。换句话说,1952 年初至 1953 年初这段时间吕荧先生的工作单位仍是山东大学。吕荧先生 1952 年秋从上海回山大讲“文艺学”课,至年底春节后正式离开山大到人民文学出版社工作,吕先生《我的小传》表述为“一九五二年冬”,从季节和传统表达习惯上,基本符合实际情况。这样,吕荧先生在山东大学工作的起止时间仍为 1950 年至 1953 年初。具体证明材料当续有发现。

2021 年 12 月 7 日

杜泽逊,山东省滕州人,山东大学文学院讲席教授。2018 年 4 月至 2024 年 1 月任山东大学文学院院长,2022 年 1 月至 2024 年 1 月兼任山东大学(威海)文化传播学院院长,2024 年 1 月始任《文史哲》编辑部主编兼主任。主要从事古籍目录学、版本学、校勘学、四库学和山东文献研究。

题李振豪拓余书归来堂匾额

文——龚鹏程

山东大学整齐图书,以乡贤室名别号为题,嘱书。盖有八匾。曰“借书园”,周永年之斋号也,当时与桂馥、翁方纲筑园,互借所藏,允为佳话。次曰“稼轩”,以纪念辛弃疾。再则曰“归来堂”,昉自赵明诚、李清照者也。又有“石庵”,径取刘崇如先生之号,“碧虑簃”,近时黄孝纾之堂号,“峻斋”,耆宿蒋维崧(崧)先生之别称,皆殿之。最后则曰“岸堂”,曰“玉函山房”,分言孔尚任与马国翰。地灵人杰,萃乎书籍,庋藏之史,可谓盛哉!李振阳(豪)君以花梨木刻匾毕,竟自拓一纸为赠,遂略述其颠末也如是。

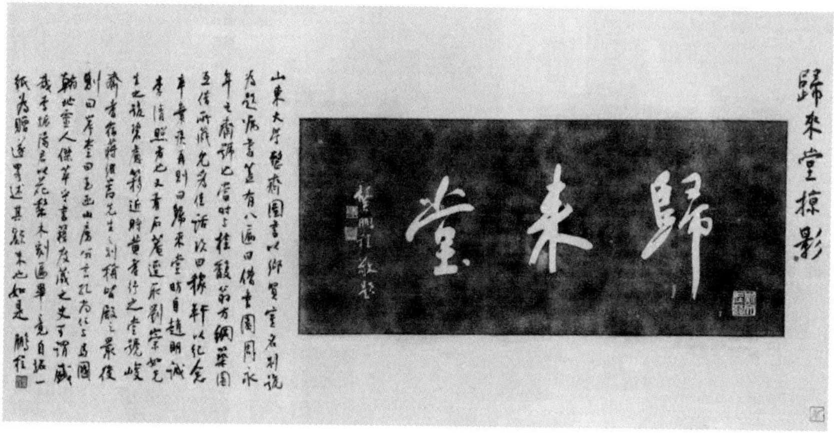

龚鹏程，江西吉安人，1956 年生于台北，当代著名学者和思想家。历任台湾淡江大学文学院院长，台湾南华大学、佛光大学创校校长，美国欧亚大学校长，北京师范大学特聘教授，北京大学特聘教授等教职，2019 年 4 月始任山东大学文学院讲席教授。致力于中国学术文化研究，著述宏富，出版专著《中国传统文化十五讲》《中国诗歌史论》《中国文学批评史》《书艺丛谈》《龚鹏程述学》等百余种。

『闻门二家』

——闻一多与臧克家、陈梦家

文——张洪刚

1930年8月,闻一多应赵太侔的邀请来到国立青岛大学,任文学院院长兼中文系主任。闻一多从来没有忽略发掘青年诗人,他破格录取了臧克家,培育扶植了陈梦家。这两个学生让闻一多非常得意,两人的照片就放在他的书桌上,他常对客人说"我左有梦家,右有克家"。臧克家、陈梦家因此被称为"闻门二家"。

闻一多与臧克家

1930年"国立山东大学"的前身——"国立青岛大学"成立,校长是五四时期的老作家杨振声先生。杨振声民主办学,风度翩翩,请来的大批教师都是学界、文化界一时才彦。梁实秋回忆:"在中国文学系里,一多罗致了不少人才,如方令孺、游国恩、丁山、姜叔明、张煦、谭戒甫等。”[①]

闻一多在青岛执教两年。他学贯中西,融汇古今。他为中文系开设了“中国古代神话”“诗经”“楚辞”“唐诗”“名著选读”等课程,还为外文系开设了“英诗入门”课程。闻一多在课堂上可谓兼具学者与诗人的气质。他讲课的内容,往往是自编的讲稿,每次上课时带来厚厚的讲稿,放在讲台之上,又常常不受讲稿的束缚,讲授自己的研究心得,观点新颖且分析缜密,丝丝入扣;讲到兴处,往往又激越澎湃,令听者如醉如痴。

闻一多惜才爱才,因材施教、诲人不倦。在国立青岛大学任职期间,他把在写诗方面崭露头角的陈梦家招来做助教,还发现了臧克家。“我有二家”,这是闻一多在青岛最欣喜的发现,他提携两位新诗人登上诗坛。

1930 年夏,26 岁的臧克家报考国立青岛大学。闻一多出了两个作文题:一是“你为什么投考青岛大学”,二是“生活杂感”。两题任选,臧克家把两题都做了。臧克家的《杂感》只有三句话:“人生永远追逐着幻光,但谁把幻光看作幻光,谁便沉入了无边的苦海!”[②]这独具异彩的三句话虽短小精悍却极富哲思,打动了闻一多的心,破例给了他 98 分的高分。这样,即使臧克家数学考了零分,依然被国立青岛大学文学院破格录取。

臧克家起初读的是外文系,系主任是梁实秋,但是热衷于文学尤其是诗歌的他在外语系找不到归属感。此时,闻一多又一次伸出援助之手,帮他转入了中文系。臧克家是如何从外文系转入中文系的呢?在国立青岛大学,学生可以转院或转系,这是首任校长杨振声的一贯主张。

当时,想转到中文系的人太多,全被拒绝了,当臧克家忐忑不安

① 梁实秋:《谈闻一多》,(台北)传记文学出版社 1987 年版,第 83 页。
② 臧克家:《我的先生闻一多》,《文汇报》1946 年 7 月 28 日。

地站在闻一多先生身旁自报姓名时,闻先生十分高兴地接纳了他,并告诉他记得他的《杂感》。臧克家的同学蔡文显的儿子蔡宗周在《梁实秋书赠的条幅——记梁先生与蔡文显的一段师生情谊》中写道:"记得父亲生前说过……臧克家原先入学是英文系,同父亲同系,后根据臧克家的要求,经闻一多同意调到了中文系就读。"[①]

从此,臧克家成为闻一多先生的学生,一名诗的学徒。臧克家转到中文系后,除了学好功课外,就是向闻一多先生和他的诗学习,学习着怎样想象,怎样造句,怎样去安放一个字。并且,臧克家向闻一多借来了《死水》,一遍一遍地读,"我常常出入闻先生的办公室,认识了他的人,才读他的诗"[②]。"一读就入了迷。他的《死水》,我几乎全能背诵,我用它滋养了自己,也用它折服了许多顽固的心。"[③]

臧克家几乎天天琢磨,日夜沉思,沉溺在诗的气氛之中,连饭也忘了吃,觉也睡不着。同学们经常和他开玩笑:"天天写诗,夜夜失眠。"臧克家常常捧着自己值得一看的诗去向闻先生求教,从他的办公室渐渐地走到他家里,而且越走越勤了。

闻一多来青岛后,在学校斜对门的大学路租了一处房子,房子在楼下一层,光线昏暗,一多不甚满意,于是又迁至汇泉路离浴场不远的一栋小房。闻一多在此住了不到一年,便将家眷送回湖北老家,告别了这所海边小屋。暑假返校后,闻一多搬到位于学校东北方的第八校舍,宿舍是孤零零的一座楼,面对着一座小小坟山。楼上有一个套房,内外两间,由闻一多住,楼下的套房住着数学系教授黄际遇。

臧克家回忆说:"他(闻一多)住在大学路的一座红楼上,门前里有一排绿柳,我每次进到他的屋子,都是起一种严肃的感觉。"[④]师生

① 蔡宗周:《人间温情》,中国城市出版社 2003 年版,第 44 页。
② 臧克家:《我的先生闻一多》,《文汇报》1946 年 7 月 28 日。
③ 臧克家:《祖国万岁母校千秋》,《光明日报》2001 年 9 月 28 日。
④ 臧克家:《我的先生闻一多》,《文汇报》1946 年 7 月 28 日。

俩在闻先生家中的书斋里吸着“红锡包”，喝着茶，热烈地交谈着、讨论着，老师指点着学生诗中的缺点和优点，哪一个想象很聪明，哪一个字用得太嫩，每当发现一个好句子，老师似乎比学生还高兴，师生俩的心和眼睛全叫诗连在了一起，浓郁的诗的气氛便充满了整个斗室。尤其是闻先生习惯在好的句子上画圈，这给臧克家留下了抹不掉的记忆，他回忆说：“看着看着，我瞅他神色在变化，自然地拾起一支铅笔来，在几个句子上划了双圈。我高兴得要跳起来！他划圈圈的句子，正是我得意的。得到闻先生划个圈，实在是不容易呵，他手高眼也高。”①

臧克家写成一篇诗，一定就正于闻先生，评定甲乙，推敲字句。那时，臧克家先后创作了《炭鬼》《像粒沙》《老马》《难民》《元宵》等诗歌。其中《难民》《老马》还被闻一多介绍到《新月》月刊发表。受闻一多先生影响，这一时期，臧克家不仅注意诗歌的韵律，而且还非常注意诗歌的遣词造句，对每一首诗，每一个字，他都是反复推敲。闻一多曾这样评价这时的臧克家——“拼命的写诗、追诗，成了天地间的一个‘诗囚’了。”②

在闻一多的精心教导下，臧克家成为中文系最优秀的学生之一，很快就在《新月》《现代》等杂志上发表了《罪恶的黑手》《忧患》等作品。1933 年，闻一多和两位朋友慷慨解囊，各出 20 块大洋，资助臧克家出版了第一本诗集《烙印》，当即在文坛引起广泛关注。闻一多为《烙印》作序，其中写道：“克家催我给他的诗集作序，整催了一年。他是有理由的。便拿《生活》一诗讲，据许多朋友说，并不算克家的好诗，但我却始终极重视它，而克家自己也是这样的。”③

那一年，臧克家 28 岁。《烙印》不仅有着与《死水》相近的艺术

---

① 臧克家：《悲愤满怀苦吟诗》，《臧克家文集》第四卷，山东文艺出版社 1994 年版，第 663 页。

② 韦泱：《臧克家与〈烙印〉》，《中华读书报》2011 年 3 月 30 日。

③ 臧克家：《烙印》，开明书店 1934 年版，第 1 页。

风格和内在精神,它那一片黑的封面也很容易使人想到《死水》。臧克家并不讳言闻一多对他的影响,他说"《死水》给予我的东西太多了","《死水》定我终生","没有《死水》,可以说就不会有《烙印》"。

闻一多与陈梦家

陈梦家是闻一多在第四中山大学(中央大学前身)任教时的高足。1927 年 9 月,陈梦家考入国立第四中山大学法律系,闻一多时任该校外文系主任,教英美诗、戏剧和散文。陈梦家常去听闻一多的课,闻先生讲授的英美浪漫主义诗歌与诗歌格律化理论深深打动了这位少年诗人的心。闻一多对这位天资聪颖的学生尤为器重,曾屡次对朋友称道,师生结下了终生之谊。

这年冬天,陈梦家在闻一多单牌楼过家花园寓所第一次拜会了闻一多。陈梦家曾回忆说:"他的身材宽阔而不很高,穿着深色的长袍,扎了裤脚,穿着一双北京的黑缎老头乐棉鞋。那时他还不到三十岁,厚厚的口唇,衬着一付玳瑁边的眼镜。他给人的印象是浓重而又和蔼的。"①因为新诗,陈梦家成了闻一多喜爱的学生。

1928 年夏,闻一多离开了中央大学前往武汉大学任教。徐志摩来接了棒,讲授欧美诗歌。徐志摩也把陈梦家当成自己的得意门生,并彻底挖掘出了陈梦家在诗歌上的天赋。1929 年 10 月,陈梦家在《新月》杂志发表处女作新诗《那一晚》,引起诗坛瞩目,后又以"陈漫哉"为笔名发表大量新诗。

受闻一多、徐志摩诗歌理论的影响,1930 年 1 月,陈梦家在《国立中央大学半月刊》1 卷 7 期上发表诗论《诗的装饰和灵魂》,宣告了指导他诗歌创作的完整的艺术主张。1931 年 1 月,陈梦家编成

① 陈梦家:《艺术家的闻一多先生》,《文汇报》1956 年 11 月 17 日。

《梦家诗集》，由新月书店出版。同年9月，又编成《新月诗选》出版。

1930年12月10日，从闻一多一封致朱湘和饶孟侃的信中，我们可以感受到闻一多对新发现的两位诗人多么器重。信中说："陈梦家、方玮德的近作，也使我欣欢鼓舞。梦家是我的发现，不成问题。玮德原来也是我的学生，最近才知道。这两人不足使我自豪吗？"[①]

1931年7月，陈梦家毕业后，应徐志摩之邀前往南京，选编了新月派十八位代表诗人共八十首诗，结为《新月诗选》。同年11月，徐志摩因空难逝世。次年初，陈梦家将徐志摩的遗稿编集为《云游》，并整理选编了自己的诗稿，结为《铁马集》。

1932年3月，从南翔前线归来的陈梦家受闻一多约请，前往国立青岛大学担任其助教。闻一多常常在教室里，在文学院的办公室里，陈梦家作为他的学生、他的朋友、他的助手，常常与他在一起。陈梦家在《艺术家的闻一多先生》一文中写道："在青岛的半年，我们常常早晚去海边散步，青岛有很好的花园，使人流连忘返。我记得在青岛的时候，晚间无事，我们两人手持一册，他常常吟诵古代诗人或外国诗人的诗篇。"[②]

陈梦家在青岛创作了《在蕴藻滨的战场上》《一个兵的墓铭》《老人》《哀息》《呼应》《叮当歌》《海》《小诗》等诗歌，并翻译了布莱克诗《小羊》和《圣经》中的"雅歌"，定名为《歌中之歌》。其中陈梦家翻译的第一首布莱克的诗，是闻一多和陈梦家一起商量着推敲出来的，定稿于1932年5月26日的青岛。

---

① 闻一多：《致朱湘、饶孟侃》，孙党伯、袁謇正主编：《闻一多全集》第12卷，湖北人民出版社2004年版，第253页。

② 陈梦家：《艺术家的闻一多先生》，《文汇报》1956年11月17日。

闻门二家

闻一多的寓所里放着臧克家和陈梦家的照片,他时常指着照片,得意地对客人讲:“我左有梦家,右有克家。”[①]臧克家、陈梦家因此被称为“闻门二家”。梁实秋在《谈闻一多》中写道:“一多从来没有忽略发掘新诗的年轻作者。在青大的国文系里,他最欣赏臧克家,他写的诗是相当老练的。还有他的从前的学生陈梦家也是他所器重的。陈梦家是很有才气而不修边幅的一个青年诗人,一多约他到国文系做助教,两个人颇为相得。”[②]

闻一多和臧克家、陈梦家经常一起谈诗论道。臧克家回忆说:陈梦家追随闻先生,从武汉大学到了我们的学校做助教。我们不时一道谈诗,成了朋友。有时候,闻一多师生三人也在一起谈。陈梦家的诗在天上,他的诗融合了闻先生同志摩先生的风格;臧克家的心在泥土里,他自己在形式上也受到了这两位先生的影响,特别是闻先生的精练、严肃。

闻一多与臧克家谈诗时,有一次拿陈梦家的一篇诗《萤火》来做例子。他说:“深夜里,这点萤火,一闪一闪的,你说这是萤火吗?但它也可以是一盏小灯,一点爱情,一个希望……”[③]

陈梦家写吊沪上殉国战士的《洋泾浜》一诗,其中有“桃花一行行”一句,闻一多和臧克家都建议将“桃花”改为“血花”,但陈梦家觉得“写的虽然是‘血花’,然而把它写作‘血花’却没有‘桃花’漂亮”。臧克家认为,“桃花”是比“血花”美丽,但“这篇诗的严肃和沉痛性也随着‘桃花’被取消了”。因此,“他的想象也几乎成了无根的幻想,而他理想的天国也不在地下,在天上”。臧克家说:“我永远忘不了

---

① 曹未风:《辜勒律己与闻一多》,《文汇报》1947 年 4 月 10 日。

② 梁实秋:《忆青大　念一多》,郑晓龙主编:《走读中国 · 名校名文卷》,首都师范大学出版社 2011 年版,第 190 页。

③ 臧克家:《海——回忆一多先生》,《怀人集》,上海文艺出版社 1980 年版,第 115 页。

梦家对我的帮助,和他谈诗的结果,我更知道了怎样去展开想像的翅膀。我和他对人生的看法虽相反,但他耀眼的才华,美丽的诗句,也着实打动了我的心。"[①]

当闻一多门下的"二家"闪耀在青岛诗坛的时候,闻先生已经很少动笔了。臧克家曾经问闻先生:"您应该写诗呵,为什么不写了?"他带点感慨地回答:"有你和梦家在写,我就很高兴了。"[②]

这个时期,闻一多创作少了,专攻中国的古典文学,对于唐诗,致力尤深。梁实秋曾回忆当时的情况:"一多在武汉时既已对杜诗下了一番功夫,到青岛以后便开始扩大研究的计划,他说要理解杜诗需要理解整个的唐诗,要理解唐诗需先了然于唐代诗人的生平,于是他开始草写唐代诗人列传,积稿不少,但未完成。"[③]闻一多苦心孤诣地要"弄清我们这民族,这文化的病症"地"钻入故纸堆中"的时期,完成了从诗人向学者的转变。

闻一多虽然自己不写诗了,但对于别人的诗还是喜欢读的。陈梦家的诗,他是原稿最先的读者和鉴赏人,臧克家有时去找闻一多,他很高兴地在拉抽屉,一面说:"梦家写了篇诗,很好。"一面抽出了他的"红锡包",让臧克家也吸上一支。随后便读着,谈着,屋子里一片诗的空气在荡漾了。

国立青岛大学自成立至1932年,共发生过三次学潮。闻一多因为担任着文学院院长的职务,成为校务会议的主要成员。闻一多和梁实秋是杨振声请到国立青岛大学的,与杨振声的关系非常密切,于是总是处于风口浪尖上,成为学生反对的目标。

1932年春季,国立青岛大学因"学分淘汰制"引发了第三次学潮。当时的教育部出台了《大学学则》,规定全年学程有三门不及格

---

① 臧克家:《祖国万岁　母校千秋——山东大学百年校庆纪感》,郑晓龙主编:《走读中国·名校名文卷》,首都师范大学出版社2011年版,第184页。

② 臧克家:《悲愤满怀苦吟诗》,《臧克家文集》第4卷,山东文艺出版社1994年版,第659页。

③ 刘天华、维辛选编:《梁实秋怀人丛录》,当代世界出版社2007年版,第97页。

或必修学程有两种不及格者,令其退学。学生们认为,时局不靖,爱国第一,学校如此压迫学生,目的是反对学生从事爱国运动,于是群起反对。学生通过罢课开展斗争,并引发了“驱逐教授事件”。同年6月,学生分别发布了《驱闻宣言》和《国立青大全体学生否认杨振声校长并驱逐赵畸梁实秋宣言》,公开驱逐杨振声、赵畸、闻一多和梁实秋等教授。

闻一多在1932年6月16日致饶孟侃的信中曾失望地写道:“我与实秋都是遭反对的,我们的罪名是‘新月派包办青大’。我把陈梦家找来当个小助教,他们便说我滥用私人,闹得梦家几乎不能安身。情形如是,一言难尽。”[①]

闻一多与陈梦家在愤懑之下,同登泰山,观石刻,因雨他们困在灵岩寺3天。之后,师徒两人在泰安车站分手,闻一多在泰安买了一盆花回青岛,陈梦家回南方。陈梦家曾在《悼闻一多先生》一诗中,提及登泰山事:“我们一同度过许多日子,看过大海上的雾,雾里的许多小岛,在泰山的灵岩寺中,我们等了几个雨天。”[②]赵萝蕤为该诗所作的附记中也提道:“同看‘大海上的雾’和‘许多小岛’大概是指青岛。我不记得青岛海上是否有许多小岛。在同游泰山时留下了一些照片,我曾看见过。”[③]

这次学潮影响很大,南京国民政府教育部下令国立青岛大学易名国立山东大学,闻一多辞去教职。不久,闻一多被母校清华大学聘请为中文系教授,他就带着陈梦家去了北平。

陈梦家受闻一多影响转型为学者,但陈梦家并没有跟着闻一多进清华大学,而是在燕京大学宗教学院学习。1934年,陈梦家回到燕京大学,成为专攻古文字学的研究生。

---

① 闻一多:《致饶孟侃》,孙党伯、袁謇正主编:《闻一多全集》第12卷,湖北人民出版社2004年版,第257页。

② 陈梦家:《悼闻一多先生》,王子光、王康:《闻一多纪念文集》,三联书店1980年版,第205页。

③ 陈梦家:《悼闻一多先生》,王子光、王康:《闻一多纪念文集》,三联书店1980年版,第206页。

陈梦家两年后毕业，留校当助教，继续钻研中国古文字学、古史学。陈梦家跟闻一多一样，年轻时爱写诗，然后发现自己也对甲骨文、神话体系这些东西很感兴趣，就和闻一多一样，从一名诗人转型为学者。

陈梦家由诗人而学者，基本上与他的业师闻一多一脉相承，所研究的领域有相当一部分也颇为相同，如二人对甲骨、金文的兴趣，对神话研究的兴趣，等等，可谓神交日甚，气味相投。梁实秋曾说过："陈梦家已由诗人一变而为甲骨文研究者，而且颇有发明，在燕京大学执教，一多甚为激赏，曾屡次对我说一个有天分的人而肯用功者陈梦家算是一个成功的例子。我想他们师生二人彼此之间相互影响必定甚大。"[①]臧克家在 1937 年到清华园看望闻一多时的谈话，足以证明梁实秋的评价是准确的。"你知道梦家成了重要的考古学家了吗?""各地发掘的古董，多半邀请他去鉴别呢。""他很有才气，一转向，就可以得到成功。""他也是受了我的一点影响。我觉得一个能写得出好诗的人，可以考古，也可以做别的，因为心被诗磨得又尖锐又精细了。"[②]

1937 年 7 月，全民族抗战爆发，陈梦家由闻一多先生推荐，作为清华聘请人员至长沙临时大学任国文教员。后随校迁昆明，在西南联大中文系任教，与闻一多成为朝夕相处的师生加同事。在西南联大，闻一多先后致信聘任委员会和梅贻琦，推荐担任讲师的陈梦家为副教授和教授，信中可以更清楚地看到闻一多当年对陈梦家的关照与提携之恩。

敬启者：

查本校章程规定，教师"于所任课程有重要学术贡献"得聘

① 张继华主编：转引自《名人交往录文化界人物》，中国广播电视出版社 1993 年版，第 290 页。

② 臧克家：《我的先生闻一多》，《文汇报》1946 年 7 月 28 日。

为副教授。本系讲师陈梦家先生研究甲骨铜器文字及相关问题,成绩卓著,历年所撰论文十余篇,释疑解惑发明甚多,拟请升任为副教授,以示尊异而符校章,敬希

贵会审议裁夺,是为至荷。[①]

就是闻一多的这个提议,陈梦家很快就成了副教授。三年之后,闻一多致信梅贻琦提议陈梦家升任教授,其理由是"陈先生于研究金文之余亦尝兼及《尚书》,而于两周年代及史实之考证,贡献尤大……陈先生本其研究金文之心得,致力斯学,不啻异军突起,凡时贤所不能解决之问题,往往一经陈氏之处理,辄能怡然理顺,豁然贯通"。[②]

闻一多的提议,于 1944 年 6 月 8 日在联大第二十一次聘任委员会上获得通过,梅贻琦于 7 月 28 日核准。

1944 年秋天,经费正清和金岳霖介绍,陈梦家到美国芝加哥大学教授古文字学。至此,陈梦家与闻一多再未谋面,这一别竟成了永别。1946 年 7 月 15 日,闻一多被国民党特务暗杀。陈梦家夫妇风闻闻一多先生遇害的噩耗,不胜悲痛。赵萝蕤曾回忆:"我们是在美国听到闻先生的噩耗的。梦家这个人不十分关心政治,但我们听到了噩耗,都十分悲痛。闻先生生前和梦家密切往来。两个人都抛弃了写新诗研究古籍,常常为一个字的解释,争得面红耳赤。但是不管红赤到什么程度,两人之间还是亲密无间……"[③]陈梦家从美国回来后,书房里一直悬挂着闻一多的照片。陈梦家曾作《悼闻一多先生》《艺术家的闻一多先生》等文。

值得一提的是,臧克家与陈梦家的友谊一直保持到新中国成立

① 闻一多:《闻一多书信集》,群言出版社 2014 年版,第 342 页。

② 闻一多:《致梅贻琦》,孙党伯、袁謇正主编:《闻一多全集》第 12 卷,湖北人民出版社 2004 年版,第 383 页。

③ 陈梦家:《悼闻一多先生》,王子光、王康:《闻一多纪念文集》,生活·读书·新知三联书店 1980 年版,第 207 页。

后“反右”前夕，此前他们还经常见面。1957 年 1 月 25 日，《诗刊》创刊，臧克家任主编兼编委。这时，陈梦家在考古研究所工作，已告别新诗多年。臧克家邀请陈梦家写诗，他爽快答应了。陈梦家在《诗刊》2 月号上发表了《谈谈徐志摩的诗》，在 5 月号上又发表了《纪游三首》。

臧克家的尊师情

臧克家是极重感情的人，虽然与闻一多相处仅仅两年的时间，但他始终将恩师装在心底，以真挚的情感追念着闻一多先生。臧克家说：“对于闻先生，几十年来我一直怀着深深的敬仰和感激之情。”“闻先生的影子，经常在我的心头，不论他生前还是死后。”[①]

自 1932 年 8 月闻一多离开国立青岛大学后，臧克家与闻先生只有一次谋面机会。1937 年夏，臧克家因事到北平，特意前往清华园拜访了闻一多。闻一多高兴地放下书和笔，倒上茶递上烟，两人畅聊，久久不能尽兴。这次拜访，臧克家与闻一多约好过几天到照相馆拍一张合影，不料，卢沟桥事变爆发，合影遂成了泡影。

7 月 19 日，臧克家与闻一多意外地在北平火车站再次相遇。当臧克家看到老师只带了一点儿随身物品时，惊讶地问道：“闻先生那些书籍呢？”闻一多感慨地说：“只带了一点重要稿件。国家的土地一大片一大片地丢掉，几本破书算得了什么！”[②]臧克家听后很是难过。在德州车站，臧克家辞别闻一多，下了这趟列车。此后他们师生再也没有相见。

但臧克家与闻一多心灵相通，函件往还，彼此牵挂。1932 年 8 月，闻一多离开国立青岛大学后，曾写一封长达千言的信给臧克家，

---

① 转引自李扬、郭丽主编：《大师的足迹 海大校史上的文学名家》，中国海洋大学出版社 2004 年版，第 164 页。

② 臧克家：《我的先生闻一多》，《文汇报》1946 年 7 月 28 日。

其中写道:“学校要我做国文系主任,我不就,以后决不再做这一类的事了,得一知己,可以无憾,在青岛得到了你一个人已经够了。”[①]臧克家曾回忆:“隔些时候,我总是打开来读它一遍,从里面可以吸取温暖与鼓励,它不像一封信,像一颗心,一打开信皮,两颗心便打通了。”

臧克家一直珍藏着闻先生赠予的《死水》、三封信以及 40 岁生日时闻先生题写的条幅。这三封信分别是 1943 年 11 月 25 日,1944 年 9 月 11 日和 1944 年 10 月 12 日闻一多写给臧克家的。这三封信,臧克家“珍藏着它们,隔些天便从小提箱的折子里拿出来读一遍,一看那严整的字体,我的心立刻就涌出另一种不可言喻的感觉,我仿佛从纸上看到闻先生的本人,我仿佛听到了闻先生的声音”。

1944 年 10 月 12 日的那封信中,还有闻一多为庆贺臧克家四十生辰所写的条幅。条幅的内容是《诗经》里的一首:“天保定尔,以莫不兴。如山如阜,如冈如陵,如川之方至,以莫不增。吉蠲为饎,是用孝享。禴祠烝尝,于公先王。君曰卜尔,万寿无疆。神之吊矣,诒尔多福。民之质矣,日用饮食。群黎百姓,编为尔德。如月之恒,如日之升。如南山之寿,不骞不崩。如松柏之茂,无不尔或承。”

闻一多治印有名,在这幅字上所用的一方,在别处还不曾见到过。字与印,成为双璧,弥足珍贵!臧克家生前一直将这幅钟鼎文的小中堂挂在客厅最显眼的地方,他“站在这个小中堂前面,久久不动”[②],臧克家珍重这幅字!

臧克家将闻一多赠送的《死水》随身携带,如良师,如益友,虽然其中二十八首诗全能成诵,还不时拿出来,托在双手上,看看它也是一种高尚美的享受。这本《死水》扉页题上了“克家惠存”,下款落一

---

① 臧克家:《我的先生闻一多》,《文汇报》1946 年 7 月 28 日。

② 臧克家:《我的先生闻一多》,《文汇报》1946 年 7 月 28 日。

“多”字，盖上一方阴文自刻石印：“一多印记。”臧克家把它放在宝贵的处所，把它放在心头上。

1937年10月，日寇兵临临清，臧克家仓皇逃难之际，将闻一多赠予的《死水》等书籍、信件托付女同学姜德贞保管。然而，天有不测风云，历经抗日战争，那些书籍和信件竟全部遗失。

1981年8月20日，臧克家突然收到了一位素昧平生的同志寄来的一封挂号信，打开一看竟然是当年丢失的《死水》！臧克家喜之欲狂，泪水不觉阵阵涌出！臧克家“见到《死水》，自然怀念它的作者，抽不断的是回忆的丝，当年把它赠给我的情景又活现在眼前了”。①

1946年7月16日，臧克家在南京街头报亭上看到了闻一多牺牲的消息，悲痛万分，几乎晕倒，著文《我的先生闻一多》以示悼念。在随后的几十年岁月中，臧克家一直没有忘记自己的这位恩师，写了大量缅怀、纪念闻一多的诗文。据闻一多的儿子闻立雕初步统计，仅仅直接以“闻一多”为题的诗文就达31篇之多。最有影响的如：《文化战士——闻一多先生》《我的先生闻一多》《海——回忆一多先生》《说与做——记闻一多先生言行片段》《忆闻一多先生》等等。1999年11月，闻一多先生百岁诞辰前夕，94岁高龄的臧克家写下了：“千言万语情难尽，百岁良辰忆先生。”

新中国成立以后，臧克家多次到青岛过夏。每去必登上闻一多先生住过的小楼，缅怀过去，留恋徘徊，并于门前合影留念。1950年山东大学将校内的闻一多故居命名为“一多楼”。1984年，海洋大学又在此为闻一多先生塑像立碑，臧克家用充满激情的文字撰写了《闻一多先生纪念碑碑文》：“杰出的诗人、学者、人民英烈闻一多先生，一九三零年，受聘国立青岛大学，任文学院长兼中文系主任。讲

① 臧克家：《知也无涯》，《青柯小朵集》，花城出版社1984年版，第276页。

授历代诗选、唐诗、英国诗选等课程。态度亲切民主,既富有学术家风度,又充满浓郁诗情,受到崇敬与热爱。先生爱国爱民,埋头学术研究,从唐诗入手,决心为衰颓之中华民族,寻求一个起死回生之文化良方。先生在校,为时仅二年,春风化雨,为国育才。瞻望旧居,回忆先生当年居于斯,工作于斯,怀念之情曷可遏止?爰将所居,命名'一多楼',略事陈设,依稀旧客,并于庭院立石,以为永念。俾来瞻仰之中外人士,缅怀先生高风亮节而有所取法焉。先生生平事迹,昭昭然在人耳目,兹不缀。"①

闻一多在国立青岛大学只待了两年多时间,却着意培养了两位诗坛俊彦——人称"闻门二家"的臧克家和陈梦家。"二家"对于发现和培养了自己的恩师闻一多更是充满了深深的敬仰和感激之情。尊师爱生,良师益友,闻一多与诗门下的"二家"可以说是中国教育史上的一个典范。时至今日,"闻门二家"的故事仍在山大校园里广为传颂,影响着一代又一代的青年学子。

张洪刚,山东济南人,任职于山东大学文学院。致力山东大学校史及现代文化名人研究,著有《梁实秋在山大》《上庠振铎录——山大文苑往事》两部,编有《山东大学文学院史料丛编》,并在《大众日报》《春秋》《山东大学中文论丛》等报刊发表文章百余篇。

① 臧克家:《乡土情深》,山东大学出版社 1985 年版,第 275 页。

抗日战争时期王献唐在四川乐山的经历*

文——胡景轲

“船近嘉定，遥望江上，青峰三四若浮水面，近视则山皆赤，骨粉绿为衣，披拂其上，殆青苔也。复有苍松翠竹，掩映上下。景色奇丽。下临江水，浩浩万顷。”这是王献唐初到乐山时见到的景色。1938 年 11 月 24 日，山东省立图书馆馆长王献唐偕编藏部主任屈万里、工友李义贵，带着山东省立图书馆的精品图书文物，乘船抵达乐山。此后直到 1940 年 4 月 20 日王献唐离乐赴渝，加上他之后回乐

* 本文是杜泽逊教授建议并指导撰写的，特此感谢。

山短暂停留的 4 个月,他一共在乐山待了 21 个月。在这段时间里,王献唐为山东省立图书馆的精品图书文物找到了安全存放之处,完成了一些考记和题跋的写作,通过信件与友人探讨过许多学术问题,还给多名友人赠送了书画。

1937 年七七事变后,战争的阴霾逐渐笼罩开来。7 月底,王献唐感觉到事态变严重,担心平津战争爆发,于是连日与教育厅厅长孔令灿等人筹备防空事宜。几经商议,王献唐决定把山东省立图书馆的精品图书文物运到曲阜孔府。10 月 12 日,他委派编藏部主任屈万里、工友李义贵,押运山东省立图书馆(山东金石保存所)的十箱精品图书文物南下曲阜。彼时谁也想不到它们竟会在外漂泊十多年,更想不到它们会与西南小城乐山结缘。12 月 27 日,王献唐在第一次运抵孔府的精品文物中挑选了一半文物,与屈万里、李义贵离开曲阜南下。他们先后在汉口和万县停留了一段时间。后来,王献唐被中英庚款董事会录取为协助研究人员,他们又接受了黄炎培从万县迁到乐山的建议,于 1938 年 11 月 24 日辗转来到乐山。从此,山东省立图书馆的图书文物终于安顿了下来,直到 1950 年 12 月经北京中转运回济南。

安置文物

王献唐来到乐山的第一要紧事是安置好山东省立图书馆的图书文物。他们刚到乐山时,住在版厂街继兴永客栈。由于当时到乐山避难的人较多,王献唐与屈万里连续几天外出寻找合适的租房都没找到。他们还去了乌尤寺和凌云寺询问,但是这两座寺院也没有多余的房屋了。在 11 月底 12 月初,他们终于找到了合适的住处,搬到了铜河扁街天后宫内大佛寺下院。大渡河又名铜河,因河边有铜山而得名。扁在乐山方言中指成片的平缓坡地。天后宫又名妈祖庙,是福建籍移民为供奉妈祖和联结乡情修建的。当时,它被大佛寺收购,作为大佛寺在乐山城中的下院。

此后半年的时间,王献唐、屈万里和李义贵都居住在此,守书护书。1939 年 5 月 11 日,屈万里离开乐山,去重庆担任奉祀官孔德成的伴读兼文书主任。1940 年 4 月,王献唐也去了重庆,任职于国史馆。此后,李义贵便一人在此守书,历经十年风霜,克服重重艰险,直到 1950 年 12 月 25 日才随书返回济南。

1939 年 7 月,王献唐搬到了凌云山大佛寺旁姚宅。此后他直到 1940 年 4 月离开乐山,没有再换过住处。在日军轰炸乐山后,王献唐又找工人为馆藏文物新修了一个岩洞,之后把山东省立图书馆的精品图书文物都装箱封进了洞中,除非需要晾晒,不轻易开启。在此之前,这批图书文物存放在哪里,因为缺乏文献记载,学界有不同的说法。李义贵之女李连英以及王献唐年谱编写者张书学、李勇慧都曾到凌云寺寻找过当年王献唐等人的藏书处,但都没有找到。

刻苦研学

虽然漂泊在外,条件十分受限,但是王献唐仍然坚持治学。《曹魏平乐亭侯印考》是他在乐山期间完成的第一篇考记。平乐亭侯印是他在重庆买到的,他十分喜欢这枚古印,还请黄炎培写了"平乐印庐"匾额。王献唐完成这篇考记后题诗:"戎马关河劫未平,眼前何物乐余生。金章幻出猩红篆,且向当涂稽姓名。"可见在其避难流寓生涯中,这些文物和古籍给了他极大的安慰和乐趣,帮助他度过磨难、继续前行。寓居乐山期间,王献唐还先后撰成《汉玉鞶鉴考记》和《汉修毋相忘镜考记》。此外,在乐山期间他还继续撰写《中国古代货币通考》,这一专著的写作持续了好几年,直到 1945 年才完成。

王献唐还为买的书、校的书和自己写的书写了不少题跋。1939 年 2 月的一天,窗外下着雨,王献唐读了元代释念常的《佛祖历代通载》,写下"万里当归却不归,年来昔是已成非。潇潇暮雨禅通悟,一炷梵香花四围”。水仙红梅的香气充满了他的房间,他觉得这是乱离中的静境。漂泊万里时他心中有许多的无奈和感伤,佛学给了他不少帮助,让他在流寓中能得到几分宁静。虽然这些跋大多比较简短,但是记下了他的一些思考和写跋时的心情,可以弥补王献唐日记中这一段时期散佚的遗憾。

1939 年 2 月 11 日,王献唐向中英庚款董事会寄去了信函,附上了研究工作书。他在工作书里提到,自己的研究目的是充分利用古籍、文物和六书来研究中国名物制度的演变,写成《华古名制甄微》一书。当时他已大致写完“社稷篇”“铜贝篇”“匕匕篇”“鞶鉴篇”,下一步打算进行“表识篇”“四方篇”“简策篇”“祭名篇”的写作。

除了自己读书研究,他还与友人通过信件探讨学术问题。在乐山期间,胡厚宣给他介绍过研究甲骨文以及殷商祭名的著作,孙次舟向他请教过《说文》一书所录古籀篆诸文来源的问题,栾调甫跟他探讨过古钱、古镜、古印以及古人名字等问题,马克武多次跟他讨论古钱和古印,王崇五向他提过古印的问题,朱镜宙跟他谈论过马一浮、熊十力的学术之争……

交友出游

在乐山期间,王献唐与许多友人保持着较为频繁的来往。除了与许多亲朋故旧通信,他还给叶圣陶、谢勉、朱光潜、马松玲等人作过画,为孔德成题写过“实事求是”匾额,与黄炎培、李璜、邢轶群等人游览过乌尤寺和凌云寺。

刚到乐山时,王献唐就对“形象极为庄严,青草绿苔,积生身上,望若披一绿袈裟衣”的乐山大佛心生向往,打算得空便去游览。黄炎培到乐山考察,王献唐约他同游乌尤寺、凌云寺,还赠送他《乌尤山诗》。后来黄炎培再游凌云寺、乌尤寺,赠送王献唐《望峨眉》诗联,并作《留赠王献唐》诗:“皛皛三峩云,三江实抱之。王生栖其间,弥勒若不知。鲁石广天下,临危坚自随。悲君曾不磷,既别留此诗。”

王献唐寓居乐山时还有个去江边捡石头的爱好。乐山地处三江交汇之处,江滩上有许多奇石。时至今日,许多当地人还有赏石的爱好。叶圣陶一行人去姚庄拜访与王献唐同居的高亨时,王献唐和高亨便把他们捡拾的奇石一盆盆端出来,展示给他们看。1943 年夏天,王献唐最后一次来到乐山时,渡过上涨的江水,去河坝捡拾石子,虽然只捡到了两块品相不佳的石子,但是了却了一个心愿。

1940 年 3 月,王献唐经丁惟汾推荐,担任了国史馆筹备委员会顾问,并于 4 月 19 日离乐赴渝。此后,除了 1940 年 5 月上半月至 8 月底以及 1943 年 7 月初至 8 月 6 日短暂在乐山停留外,他再也没有来乐山。离开乐山后,王献唐多次给李义贵寄去生活费,托其代为抄书,还曾托邹君斐帮忙照看馆中文物。抗战胜利后,因交通不便、费用不足以及当地土顽和袍哥阻碍等原因,馆中书籍文物直到 1950 年 12 月 25 日才运回济南,交山东省古代文物管理委员会保存。经清点,运川书籍文物有:宋刊本 14 种,元刊本 31 种,稿本 25 种,批校本 20 种,写本 14 种,钞本 31 种,明清刊本 28 种,共 163 种。金石 556 件(原缺一、溢出一),除留北京 13 件外,实 543 件。

在日本侵略军的枪炮即将危害济南城的时候,王献唐、屈万里和李义贵冒着极大的风险,为了保护山东省立图书馆的精品图书文物,辞家万里,辗转漂泊,李义贵更是坚守乐山护书十载,为守护文化做出了巨大的牺牲。抗战时期山东省立图书馆、故宫文物以及各大高校的西迁、南迁,不仅使珍贵的“文”和“献”以及文物得以保存,使中华文化得以延续,还在一定程度上提高了后方民众的文化素养,推动了大后方文化的发展。正是有这些志士仁人的努力,中华民族的优秀文化才能在国家危急存亡之际得以保存并发扬光大。

胡景轲,山东大学儒学高等研究院 2021 级硕士。

评 论

Review

做一个『沉默世界的代言人』

——王良的『地理诗学』略论

文——李 钧

静水深流。曲阜小城隐有数位高明而低调的作家。比如,已故的周凤羽先生,从教之余写作,出版过两本散文集《曲阜旧事》和《鲁人随笔》;文集所记多为曲阜市井人物、风俗轶事,文笔简约,格调中和,堪称“寻根”文学典范。十多年前我在荀昭安先生处读到这两册文集立即复印珍存,此后不时展读,叹为观止。再如,20 世纪 80 年代即以《孔府大劫案》享誉海内外的刘亚伟,数十年致力于考察 20 世纪 60 年代那场毁神弃圣的“捣孔”事件与“乌合之众”[①]的狂欢荒诞。我以为刘亚伟必定还有未曾见刊的大宗孔府秘辛。还有,曾长期担

① [法]古斯塔夫·勒庞:《乌合之众:大众心理研究》,冯克利译,广西师范大学出版社 2007 年版。

任乡镇领导职务的毕孝立,其长篇小说《海选》立足齐鲁大地、孔孟之乡这一典型性的地域文化环境,选取改革转型期的"三农问题"这一最具时代性的题材,选取矛盾日趋激化的经济结构换代升级期这一最具历史意义的时刻以及中国市场经济改革的最敏感部位,来集中反映新中国探索道路的曲折艰难,让读者看到,当前中国市场经济建设中,不仅宗族观念根深蒂固,迷信思想还没有清除,民主法制建设仍存在某些盲点,而且货币意识形态渐渐渗透到每一个角落,成为新的杠杆和支点——这种从精神到物质、从体制到生活的混乱与无序,正是转型期中国农村社会的一个显著特点。我在 2009 年与蔡世连、翟文铖、马兵、房伟等参加毕孝立小说研讨会,"一见而惊,不敢弃去"[①],那时即相信这部优秀作品不会被时间湮没。还有诗人王良,青年时代在《人民文学》发表作品,1990 年参加鲁迅文学院培训班;三十年后的今天,王良诗作更老成,沉郁笃定,乐而不淫,哀而不伤,以诗歌为曲阜人物做浮雕、绘画像……从"文学地理学"角度来看,这几位作者给人以深刻印象,似乎曲阜作家赓续了儒家文学沉郁忧患意识之正宗。而细读王良的诗歌,不仅使人"正确认识文学的地域性""恢复文学同大自然的关系"[②],从而摆脱历史本质主义和单一的"历史"叙事维度,更借此获得了更为广大、细密也更具个性的文学"空间"维度。

王良诗集《午夜列车》没有序跋,直接呈现诗作,与读者坦诚相见。第一首《远方——致孔范今老师》,不仅诗思令人击节,而且标识了"邮票大小的故乡",更暗示诗集会锚定"天地亲师"这个儒家文学的恒久主题。《远方——致孔范今老师》除了将恩师比作"船长",还出人意表地设立了一个"山大王"意象:"1980 年　在孔子故乡/你

---

① 李钧:《关注农村转型,理解国民根性——评毕孝立长篇小说〈海选〉》,《济宁学院学报》2009 年第 5 期。

② 曾大兴:《文学地理学的研究对象及其意义》,曾大兴、夏汉宁主编:《文学地理学》,人民出版社 2012 年版,第 24、33 页。

像一个招兵买马的/山大王　招呼掉在/时代缝隙里的一群……”诗作一方面赞叹恩师“思想的火轮”的理性启蒙立场，更赞美先生的人文悲悯精神：老师“一生中对两个女人刻骨铭心/一个　自然是母亲　一个/相遇在童年逃荒的山路上/那个家徒四壁的农妇/给了饥肠辘辘的你/半块煎饼　一碗玉米糊糊/农妇善良慈爱的目光/像一盏长明灯　照耀着/你人生的道路”[①]。这样的师长既承认理性有限，更注重人之为人的爱与慈悲，警惕那些自命不凡的“超人”“哲人王”。诗集中呈献给孔范今先生的还有一首《渡口》。《渡口》同样具有叙事性，也更具哲思，诗集扉页的题记即出自这首诗：“思想——不是一种事业/思　是生命的柔肠/人生的慈悲。”[②]这是对教师精神的深沉揭橥，也是对20世纪80年代新启蒙精神的总括陈述，更树起了一面镜子，以照见当前中国教育的病态与师德的孱弱：今日中国的标准化教育何以虚弱到“承受不起/一个不一样的句子/一声不太标准的音高”[③]？谁又能回答那个纵身一跃、以死抗议的17岁少年留下的“一个个钩子似的问号”[④]？如果这些花季少年的飘逝还不足以引起教育界痛定思痛，那么内卷、冷漠与异化的中国教育又怎么可能让人民满意？

除了致敬恩师，王良更多的诗篇写给亲友。他献给父母（《清明》《父亲节致父亲》），呈给姑姑（《大姑》《挽歌》），写给那“肩起黑暗闸门”的一代、那遭受重重苦难依然保持着清洁精神的一代——那一代人“像阳光下一颗默默无语的沙子/——隐忍是一种力量/你留给我的记忆却像金子/我仰慕那不动声色的光芒”。也正因为父辈精神的照亮，才使“我辈”有了持久耐力，“生活日复一日/琐屑　单

---

① 王良：《远方——致孔范今老师》，《午夜列车》，泰山出版社2021年版，第1、4－5页。

② 王良：《渡口》，《午夜列车》，泰山出版社2021年版，第210页。

③ 王良：《这不是一个故事》，《午夜列车》，泰山出版社2021年版，第197页。

④ 王良：《你向我走来》，《午夜列车》，泰山出版社2021年版，第221页。

调　我依然保持/勤奋和热情　从不绝望”[①];也正是对于父辈苦难经历的审视,才更加珍惜消极自由的可贵底线:“在不能发出心声时/我们保持必要的/沉默。”[②]当然,王良作为一个父亲也会谆谆叮嘱孩子:“你与自己竞走/就会成为一个行走的神/人生就是不停地走路/有人会来结伴同行/有人会扭头离去。”[③]勉励后来者努力成为精神独立不倚的人。这正是新启蒙精神的有序传承。

他作了诸多送给好友的诗歌,如《又见韦锦》《送别亚伟》《老虎来了》《十二月初,陪元平刘丽游孔林》等,而最长的一首《大雪》为“孔子故乡的乡土诗人”们画像:当年写诗的七八个兄弟,一度困于生活的风沙,“生活成为一个圈套　越勒越紧/沉默的钟无声地圈走/绚烂如梦的年华”;但因为凡尘归来而再次相聚,尽管“那些为了一首诗跑十几路/在你昏黄的油灯下大声喧哗/为一个词争得面红耳赤的/日子　犹如一朵熄灭的火焰”;兄弟相聚自然少不了一场大酒,这不仅是对青春的祭奠,更为了鼓励朋友不忘诗心:“只要写出你身外的繁华/心底的荒凉　写下你/流不出的眼泪　记录下/你大声说不出的话/你的诗行里就会充满/大口的喘息　屈辱中的坚持/儿子眼中的火苗　久违的/老妻的怀抱和睡梦里的泪滴/写出这一切/出不出诗集/在这个到处都是豪华包装着/垃圾的时代里　已不是/一个值得忧心的问题。”[④]是的,要像加缪笔下的西西弗那样“认识到世界的荒谬性,面对着生活的有限性和无目的性而又藐视荒谬,以积极的、创造性的态度对待生活,从中创造价值”[⑤]。这实在是只有中年人才能领会的互勉。

王良走近了“地理诗学”。地理诗学“伴随着某种生命的生态观

---

① 王良:《清明》,《午夜列车》,泰山出版社2021年版,第51、52页。

② 王良:《父亲节致父亲》,《午夜列车》,泰山出版社2021年版,第142页。

③ 王良:《星光——致舒翼》,《午夜列车》,泰山出版社2021年版,第138页。

④ 王良:《大雪》,《午夜列车》,泰山出版社2021年版,第21、20、28页。

⑤ 赵敦华:《现代西方哲学新编》,北京大学出版社2001年版,第138页。

和特定的世界文化而出现”;“诗性精神的地理”可以“庇护白日梦,也保护做梦者”,诗人则借此成为“‘沉默世界的大使’或‘代言人’”;“地理诗学”也称“拓扑诗学”(Topology)或“地志学”,关注“地方经验”,注重“文学的‘地理化’”也注重“地理的‘文学化’”。[①] 王良深谙于此,他最动人心魄的作品正是那些献给大地的诗歌。面对城市化进程对农村、农业的挤压,他写下了《五月的阳光下》《年轻的麦子还不知道忧伤》《你已经看不见一望无际的麦田》等,这些诗篇也许有一个共名叫作“杀死麦子”!《每到五月》怀念消逝的布谷叫声;《芒种》《端午》《田园》《秋收时节》则让人联想起陶渊明的《归园田居》——只可惜现代人再无桃花源……面对人类的贪婪、欲望和人定胜天的狂想,“大地不语　只默默地呈现”[②];王良的诗学观念也迹近于此,他往往拒绝抒情,而选择默默凝视,专心呈现大地上的事情。但读者会在他诗歌中大面积涌现的“最后一个”意象中,读到深深的怀念与忧伤。

诗与思是近亲。王良当然有一些哲思天问。“顺着人类记忆的通道/进入历史　刀光辉映着/剑影　为了明天这面/美好的旗帜杀——/是一个主题　血滴/沉淀在历史的河床上　犹如宝石”[③],但是胜利者还记得当初许下的诺言吗?人类历史又是否真的从进步走向更大的进步?《往事的队伍》破解了历史的哑谜,也不再相信关于将来的许诺:“当过去被书写成呆板的/历史　时间像一个瞎子/张着空洞的嘴巴/在蜿蜒幽深的/巷子里　找不到/走出迷宫的方向//我不再希冀未来……”[④]恍如北岛那首名作《我不相信》,让人看到了一个铜豌豆般的老灵魂。有时候,王良并不给出确定答案,只是提出问题启人以思:“死/是一个终结/还是开始”“为什么活着/为

① 梅新林、葛永海:《文学地理学原理》上卷,中国社会科学出版社 2017 年版,第 228、231、232、233 页。

② 王良:《还能不能把它们叫作玉米》,《午夜列车》,泰山出版社 2021 年版,第 55 页。

③ 王良:《五月的阳光下》,《午夜列车》,泰山出版社 2021 年版,第 69 页。

④ 王良:《往事的队伍》,《午夜列车》,泰山出版社 2021 年版,第 9 页。

了什么?”[①]“‘道’——在哪里?”老黑格尔“他为什么说/中国历史本质上没有历史?”[②]有时候,他会架空历史,如《读〈论语〉》向往大海以及更远的远方:“老先生　如果当年/‘乘桴浮于海’……/也许　你就会发现/航行并不是隐遁/……所有的书/都会改变模样。”[③]“流浪汉”这个意象,曾多次出现在王良诗歌中,其中不仅有悲悯同情,更是在深沉提问:“走——急如星火地走　他在/寻找　追赶　还是逃跑/还是在迷宫般的世上梦游?/他——在走向谁?　到处/是他的墙壁　他的门在哪里?”[④]这难道不就是人生?谁又不是梦中人?我是谁?我从哪时来?将向哪里行?……西方神话说,大多数人是腹生子,唯雅典娜由天神宙斯颅中出生,因而是“头生子”。那么王良俨然一个“头生子”,天职就是提问;他诗作中那些“刀子似的疑问”“追问的锤子”“钩子似的问号”[⑤]等符码语象,正是通往其精神世界的密钥,有待读者破解。

王良拒绝虚妄,义无反顾地奔赴当下生活,其诗歌当然要述说念兹在兹的曲阜风物。于是读者看到了春秋路、牌坊街、五马祠街、孔林、孔庙、阙里、钟楼、万仞宫墙、辘轳把街、大沂河、九仙山、九龙山、红庙村、大雪村以及“孔府家”酒……但他绝不面向宏大历史抒情,也绝不为“灿烂辉煌”锦上添花,因为他由中国第一家族的兴衰参透了历史的铁血、剥夺、谎言与欺骗;他也因此而亲近农民、同情小贩(《小商贩》),甚至从外卖员忙碌的身影里看到了什么叫奔生活(《饿了么》)。可以说,王良以具象的诗学唤醒了宝贵的地方经验,诗集《午夜列车》则是其“地理诗学”的集成之作。

即使挚爱生活的诗人,有时难免厌恶处身的环境。王良有时深

---

① 王良:《终结与开始》,泰山出版社 2021 年版,第 14、16 页。

② 王良:《辘轳把街》,《午夜列车》,泰山出版社 2021 年版,第 153 页。

③ 王良:《读〈论语〉》,《午夜列车》,泰山出版社 2021 年版,第 149—150 页。

④ 王良:《流浪汉》,《午夜列车》,泰山出版社 2021 年版,第 61—62 页。

⑤ 王良:《午夜列车》,泰山出版社 2021 年版,第 15、97、221 页。

陷孤独，产生"微斯人，吾谁与归"的感叹，也因之赋诗比兴：大沂河那发黑的、有时浮着一层泡沫的大大小小的水洼里，水鸭子们泳姿优雅，"不管水深水浅　不管/酷暑寒冬　水鸭子们/嬉戏　觅食　兴致勃勃//高空中　白鹤与鹭鸶/闪亮的翅膀/在云朵中穿过"[①]。但从存在哲学看去，人生注定孤独且爱恨交织，而固执地选择醒着，选择诗与思的创造，选择做一个丰富的痛苦者，正是自为的存在者的确证："穷尽现在——不欲其所无，穷尽其所有，重要的不是生活得最好，而是生活得最多，这就是荒谬的人的生活准则。"[②]

李钧，曲阜师范大学文学院教授，主要从事中国现当代文学研究，著有《中国现代民族主义文学思潮(1895—1945)》《生态文化学与30年代小说主题研究》《为有岁月可回首：陈信泰与黄锦凤》等，主编《传统文化与现代文学名家》《汉语国际教育：中华文化精神的源流、继承与传播》等，在《文学评论》《文艺争鸣》等期刊发表论文百余篇。

① 王良：《水鸭子》，《午夜列车》，泰山出版社2021年版，第178页。

② 杜小真：《含着微笑的悲歌》，[法]加缪：《西西弗神话》，杜小真译，商务印书馆2018年版，第4页。

『真的历史却是一条河』：也谈沈从文

文——张春田

沈从文1936年出版《从文小说习作选》时，在“代序”里感谢了几个对他有种种帮助和鼓励的人，其中包括徐志摩，也包括郁达夫。1924年11月16日《晨报副镌》上发表了郁达夫的《给一位文学青年的公开状》：

> 引诱你到北京来的，是一个国立大学毕业的头衔，你告诉我说，你的心里，总想在国立大学弄到毕业，毕业以后至少生计问题总可以解决。……在这时候这样的状态之下，你还要口口

声声的说什么“大学教育”,“念书”,我真佩服你的坚忍不拔的雄心。不过佩服虽可佩服,但是你的思想的简单愚直,也却是一样的可惊可异。现在你已经是变成了中性,——半去势,有许多事情,譬如说高尚一点的,去当土匪,卑微一点的,去拉洋车等事情,你已经是干不了的了,难道你还嫌不足,还要想穿几年长袍,做几篇白话诗短篇小说,达到你的全去势的目的么?大学毕业,大学毕业以后就可以有饭吃,你这一种定理,是哪一本书上翻来的?像你这样一个白脸长身,一无依靠的文学青年,即使将面包和泪吃,勤勤恳恳的在大学窗下住它五年六年,难道你拿毕业文凭的那一天,天上就忽而会下起珍珠白米的雨来的么?

郁达夫这封信就是写给沈从文的。那时沈从文刚从湘西来到北京,寄寓在沙滩附近的小公寓里,一边在大学旁听,一边疯狂写作。但是投稿都石沉大海,身上钱用完了,能当的也都当了,饥寒交迫,天天发愁。这时候他给北京的几位素未谋面的名人写信求助。有一天大雪中,郁达夫按着地址找到了沈从文住的这间“窄而霉小斋”,和沈从文促膝长谈,然后又带沈从文去外面的饭馆吃饭。沈从文直到晚年还记得这顿饭花了一块七,郁达夫拿出五块钱结了账后,把找回的三块多钱都给了沈从文;临走还摘下自己的围巾给了他。回家后,郁达夫越想越难过,提笔写了这封公开信刊登在报纸上。显然他不仅希望沈从文看到,而且也想让全社会都能够看到“沈从文现象”,发现和反思沈从文这样的“北漂”青年们失学失业的处境。信里当土匪做小偷云云,都是激烈的反语,除了指向社会进阶的艰难,也在追问新教育、新文学有没有为边缘青年提供一种社会可能。郁达夫揭示出社会的阶层固化和文学场域的封闭化的事实。而郁达夫对沈从文的文学志向和才华是充分肯定的,他尽力帮助沈从文发表作品。在与郁达夫见面后不久,1924 年 12 月 22 日

《晨报副刊》就发表了署名休芸芸的文章《一封未曾付邮的信》,休芸芸就是沈从文。小公寓里埋头写的作品终于变成了铅字,而沈从文也从众多"北漂"文学青年中脱颖而出,开始在文坛立足。

让我们倒回去,先看看沈从文来北京前的生活。沈从文原名沈岳焕,1902 年 12 月出生于湖南凤凰县(原来叫镇筸)。美国学者金介甫有一本写沈从文的传记就叫《凤凰之子》,凤凰这座在沅水边的小城因为出了沈从文而变得世界闻名。这个地方位置险要,"西托云贵,东控辰沅,北制川鄂,南扼桂边",清朝的时候朝廷就派有很多士兵来此驻屯,而且少数民族聚居,主要是苗族,汉族和苗族长期交融同化。这里民风既质朴内敛,又好勇斗狠。进入民国以后,长期处于一种割据自守的状态,基本由湘西的地方军阀自己来治理,中央政府的力量直到抗战前才真正渗入这里。

沈从文出身于一个军人家庭。祖父沈宏富是一个将领,"留下的一份光荣与一份产业,使沈家后人在当地居于优越地位"。[①] 他的祖母是苗族人,生下儿子以后却被沈家打发走了,对外人却说她是个汉人,已经去世。父亲沈宗嗣也是一个军官,不过因为竞选议员失败,赌气来到北京,参与刺杀袁世凯的密谋,失败以后,改名换姓在外地逃亡,一直到很晚才回到家乡。母亲黄素英是土家族人,出身当地的书香门第,是一个新式女子。黄素英的哥哥黄镜铭开过凤凰第一家照相馆和邮局。黄镜铭是著名画家黄永玉的祖父,所以黄永玉叫沈从文"表叔"。黄永玉以九十高龄写了部长篇小说《无愁河的浪荡汉子》,写实和虚构相交织,还原了 20 世纪二三十年代湘西边城多彩的生活景象,这里也推荐给大家。沈从文在家里三个男孩中排名老二,所以后来大家称他沈二哥。他的大哥沈岳霖是个画家,非常开明。他的弟弟沈岳荃毕业于黄埔军校,是一位军人,转战南

① 陈丽君:《沈从文的故事》,时代文艺出版社 1997 年版,第 8 页。

北,抗战结束后解甲归田,不过最后结局却很悲惨。沈从文还有一个九妹,两人关系很亲近,沈从文在北京站稳脚跟后就把母亲与九妹接到北京来一起生活,九妹也是沈从文小说里湘西少女的形象的来源之一,可惜后来她精神出了问题,被送回老家,20 世纪 50 年代就去世了。沈从文的家族史和家人命运,不仅影响了他对人生的理解,也辐射到他的作品中。而湘西长期隔绝于中原王道教化,更多继承了荆楚之地的传统,多民族、多文化的历史、神话、民俗以及生活交往方式,这些都构成了沈从文文学世界的资源。

沈从文的《从文自传》中这样讲述他的童年和少年:他念私塾和小学时,常常逃学,到橘园去玩,到山上去逛,"到日光下去认识这大千世界微妙的光,稀奇的色,以及万汇百物的动静"[①]。他的观察和感觉都非常细腻,他听"蝙蝠的声音,一只黄牛当屠户把刀划进它喉中时叹息的声音,藏在田塍土穴中大黄喉蛇的鸣声,黑暗中鱼在水面拨剌的微声"[②]。童年的沈从文喜欢听山歌,斗蟋蟀,也喜欢游水,绵延千里、流淌不息的河流是他的乐园。他去河边看船,看筏子上的苗人,"女的头上帕子比斗还大,戴三副有饭碗口大的耳环,穿的衣服是一种野蚕织成的峒锦……男的苗兵苗勇用青草长竹撑动竹筏时,这些公主郡主就锐声唱歌"[③]。那些"又妩媚、又野蛮,别有风光的情景"[④]往往都发生在水边。沈从文说:"我认识美,学会思索,水对我有极大的关系。"[⑤]他的小说很多都以水为背景,他为湘西写了一部长篇名字就叫《长河》。长河流经的湘西,对于沈从文而言,就是一个让他不断回返的想象的原乡,就像福克纳、马尔克斯或者莫言一样。

---

① 沈从文:《我读一本小书同时又读一本大书》,《从文自传》,长江文艺出版社 2020 年版,第 14 页。
② 沈从文:《我读一本小书同时又读一本大书》,《从文自传》,长江文艺出版社 2020 年版,第 27 页。
③ 沈从文:《在私塾》,《沈从文文集》第 1 卷,花城出版社 1982 年版。
④ 沈从文:《在私塾》,《沈从文文集》第 1 卷,花城出版社 1982 年版。
⑤ 沈从文:《我读一本小书同时又读一本大书》,《从文自传》,长江文艺出版社 2020 年版,第 14 页。

1917年,刚刚15岁的沈从文以补充兵的身份随军开拔辰州(今沅陵)。这时湘西地方势力组建的联合军政府有三支军队,内部常有争夺和内讧;联军又要和外部的冯玉祥的军队打仗。行伍里藏污纳垢,战争中命如草芥,沈从文目睹了各种各样残酷的杀戮场景。他不仅在《从文自传》《湘西》这些传记散文里提到过,而且在《我的教育》《黔小景》《新与旧》这些小说中将之作为重要的情节来描绘。他写街市上有一队人到司令部去,前面几个兵士,中间一个十二三岁的小孩,挑了两个人头,而这人头便常是这小孩子的父亲或叔伯;写一个军法长常常在预先写好的斩条上画一笔朱红,一见犯人被押出大门,便匆匆提起长衫一角,抄小路赶到刑场,和好些军官一起看砍头(这个军法长叫肖远青,就是他帮沈岳焕改名为沈从文的);又写刽子手每次砍头后,总是飞一样跑到屠案前,割十几斤猪肉,晚上喝得烂醉如泥,当然也"不忘在清醒时烧一百纸钱,送给被他砍掉的亡魂"。王德威教授曾经比较了"砍头"经验在鲁迅和沈从文作品里的不同意义,认为沈从文在写到砍头这样的人间惨象时,往往并不预设一个"象征锁链",而以冷静笔调书写这些残虐,在鲁迅之外创造了一种新的"叙事法则"。见证砍头和其他残虐的日常化,还有朋友沈万林、肖远青、文颐真等人的死亡,既让沈从文深感"天地不仁"的惘然,也导致了他对从军晋升"那么一个公式"的"正途"的幻灭。1920年沈从文所属的军队覆没,他被遣散回凤凰。1921年,他舅舅介绍他到芷江担任警察所的办事员。8月因为爱情而受骗,损失了一千多银元。沈从文给母亲留下一封信:"我做错了事,对不起家里,再也无脸见人。我走了,这一去永远不会回来了。"他去了常德,1922年又到保靖的陈渠珍手下,当一个司书。陈渠珍正谋划湘西自治,他把沈从文调到报馆,沈从文在这里"知道了些新的,正在另一片土地同一日头所照及的地方的人,如何去用他们的脑子,对于目前社会作反复检讨与批判,又如何幻想一个未来的社会的标准与轮廓”[①]。他于是“不再看《花间集》,不再写《曹娥碑》”,[②]却喜欢看《新潮》《改造》这些杂志了。他向陈渠珍表达要去北京,陈渠珍很支持,还支了三个月的薪水给他。

历时19天,沈从文终于到了北京,在旅馆里登记到:“沈从文,年二十岁,学生,湖南凤凰县人。”他后来写道:“假若命运不给我一些折磨,允许我那么把岁月送走,我想象这时节我应当在那地方做了一个小绅士,我的太太一定是个略有财产商人的女儿,我一定做了两任知事,还一定做了四个以上孩子的父亲;而且必然还学会了吸鸦片烟。”[③]正因为新文学和新文化的感召,沈从文完成了自我启蒙,更加明确了以文学对垒于暴力的信念。他终于告别边城,卷入一个新的思想空间和社会网络中。

有一张沈从文刚到北京时的照片,他身着土布衣衫,目光清澈单纯,眼神里有一些倔强,又不乏害羞。他在狭窄而发霉的公寓辛勤写作,有时候正流鼻血,就“捂着鼻子写”。生活非常困苦,不过也结交了很多师长朋友。沈从文的同乡、曾做过北洋政府国务总理的熊希龄就请他到自己主持的香山慈幼院担任图书管理员。除了郁达夫、徐志摩,还有周作人,《语丝》上发表了沈从文的小说,还有陈西滢、凌叔华,沈从文作品不断在《现代评论》上出现。这都说明在文学场域里人际网络和文化资本也是塑造作家的重要因素。他还认识了胡也频和丁玲,一起合租房子,一起卖文为生:“当时的喜悦,使我不能用任何适当言语说得分明,这友谊同时也决定了我此后的方向。”[④]沈从文与胡也频一起编《中央日报》文艺副刊《红与黑》,又办了《红黑》月刊。尽管到了20世纪30年代,他们之间的分歧越来

① 沈从文:《一个转机》,《从文自传》,长江文艺出版社2020年版,第174—175页。

② 沈从文:《一个转机》,《从文自传》,长江文艺出版社2020年版,第175页。

③ 沈从文:《女难》,《从文自传》,长江文艺出版社2020年版,第116—117页。

④ 沈从文:《记胡也频》,《沈从文别集》卷1,广西民族出版社1994年版,第31页。

越明显,丁玲和胡也频在上海加入了“左联”,而沈从文对他的朋友们的选择不无保留和担心。胡也频遇害后,沈从文还护送着丁玲母子回到湖南常德老家。而当1933年丁玲被捕,沈从文得知后再次倾力营救,并写了十万多字的《记丁玲》刻画他眼中的丁玲,为丁玲鸣不平。丁玲到很晚才看到这本书,非常不满意,认为沈从文完全不了解自己,是以沈从文的立场、眼光和趣味来看待她的生活和政治选择,丑化她的人格形象。丁玲直斥沈从文是“贪生怕死的胆小鬼”,是“市侩”趣味。早年的好友最终反目成仇。

沈从文早期的作品,大体可分为都市和乡村两类。前者往往塑造一个“多余者”的青年形象,敏感的主体在“公寓困守”或者在“都市漫游”。后者则写乡间水车,写夜里捕鱼,写落草为寇的山大王,对故乡和军队生活进行一种怀旧性描述。乡村不仅是想象力的来源,也意味着一种道德优势。这种结构模式奠定了沈从文后来很长一段时期的写作特征。在国族危机的呐喊和涕泪飘零的感伤之外,沈从文为新文学开辟了新的路径。

1928年8月,沈从文被时任中国公学校长的胡适聘为国文系讲师。在中国公学,一个黑黑的、喜欢运动的女生引起了沈从文的关注。木讷的沈从文不断给这个女生写信、写情书去追求她。人们能想象的在爱情中所有的失魂落魄、忐忑不安、患得患失,甚至偏至、执迷不悟,沈从文全部都经历了。他曾表示:“因为爱她,我这半年来把生活全毁了,一件事不能作,我只打算走到远处去,一面是她可以安静读书,一面是我免得苦恼。”[①]这个女生开始只觉得是种烦恼,甚至到校长胡适那里投诉。胡适一面劝慰,一面也写信劝沈从文:“我的观察是,这个女子不能了解你,更不能了解你的爱,你用错情了……你千万要挣扎,不要让一个小女子夸口说她曾碎了沈从文的

① 沈从文、张兆和著,沈虎雏编选:《从文家书 从文兆和书信选》,上海远东出版社1996年版,第5页。

心。”[①]当然,我们知道最后的结果,沈从文以谦卑、真诚和执着打动了这个女生。

这个女生就是张兆和。好不容易在文坛立足的青年作家沈从文,爱上了中国公学的张兆和。张兆和的家族非同一般。她的曾祖父是淮军的重要人物张树声,和李鸿章齐名。她的父亲张冀牖迁居苏州九如巷后,把家产的大部分都投入教育中,创办了乐益女中,自己当校长。他家一共有十个孩子,六个男孩,四个女孩,都受到了很好的教育。这四个女孩分别叫张元和、张允和、张兆和、张充和。叶圣陶曾说:“九如巷张家的四个才女,谁娶了她们都会幸福一辈子。”金安平写过一本书《合肥四姊妹》,写的就是张家的四姐妹,因为她们祖籍是合肥。这本书以这四姐妹为例,描述了旧有的才女文化的遗存和发展,也串联起一个传统大家族进入现代之后的种种转变。四姐妹中的大姐张元和,精昆曲,她的丈夫顾传玠也是名噪一时的昆曲名家;二姐张允和,她的丈夫是语言学家周有光;三姐就是张兆和,新中国成立后的职业是《人民文学》杂志的编辑,她嫁给了沈从文;小妹张充和擅绘画通书法,小楷写得非常之好,也雅好昆曲,后来嫁给了德裔美籍的汉学家傅汉思,长期在耶鲁大学生活。诗人卞之琳曾经追求过张充和多年,落花有情,流水无意,也许卞之琳《断章》中“站在桥上看风景”的那个形象就有充和小姐的影子。除了四姐妹,六个兄弟也都很爱好文艺,家里交游广泛。1932 年沈从文为了看望毕业的张兆和,专程到苏州张家拜访,每天给张家的五弟讲故事。后来写了一组《月下小景》的短篇,每篇结尾都写有“为张家小五所辑”的字样。张家的大弟张宗和有记日记的习惯,他从 1930 年到 1949 年的日记最近也整理出版了,里面不仅留下了很多现代文化名人的逸闻轶事,也是对一个敏感灵魂在时代大潮中的经历的真

① 沈从文、张兆和著,沈虎雏编选:《从文家书 从文兆和书信选》,上海远东出版社 1996 年版,第 22 页。

实记录。张家姐弟们还创办过一本家庭杂志《水》,刊载家庭成员的文章,这大概是现代中国最小型的杂志了。

张兆和出生和成长于这样一个家族,显然与一直以"乡下人"自居的沈从文之间有着不小的距离。但是就像沈从文对待写作如此执着一样,沈从文对待爱情也是百折不回,就像他信里曾经写的:"'萑苇'是易折的,'磐石'是难动的,我的生命等于'萑苇',爱你的心希望它如'磐石'。"[①]"如果我爱你是你的不幸,你这不幸是同我的生命一样长久的。"[②]在情书里,沈从文总是把自己的位置放得很低,谦卑而又温柔地表达着对张兆和的仰慕和爱意,用今天的话,张兆和在他心里完全就是一个女神。比如沈从文会说:"易折的萑苇,一生中,每当一次风吹过时,皆低下头去,然而风过后,便又重新立起了。只有你使它永远折伏,永远不再作立起的希望。"[③]"望到北平高空明蓝的天,使人只想下跪,你给我的影响恰如这天空,距离得那么远,我日里望着,晚上做梦,总梦到生着翅膀,向上飞举。向上飞去,便看到许多星子,都成为你的眼睛了。"[④]还有更有名的:"我行过许多地方的桥,看过许多次数的云,喝过许多种类的酒,却只爱过一个正当最好年龄的人。我应当为自己庆幸。"[⑤]

沈从文情书中还有另一个特点,就是他表现出非常罕见的自省和反思的意识。他把个人爱恋的辛酸、波折和无从纾解,上升到一种普遍的、无望无助的人类经验上,忧郁于是成为人面对时间流逝、面对色与空之间的永恒困局的反应,而爱情则是克服这样的困局的尝试,作为一种理想的、完满的乌托邦,爱情的实现似乎可以缝合所

① 沈从文、张兆和著,沈虎雏编选:《从文家书 从文兆和书信选》,上海远东出版社 1996 年版,第 41 页。

② 沈从文、张兆和著,沈虎雏编选:《从文家书 从文兆和书信选》,上海远东出版社 1996 年版,第 22 页。

③ 沈从文、张兆和著,沈虎雏编选:《从文家书 从文兆和书信选》,上海远东出版社 1996 年版,第 42 页。

④ 沈从文、张兆和著,沈虎雏编选:《从文家书 从文兆和书信选》,上海远东出版社 1996 年版,第 41—42 页。

⑤ 沈从文、张兆和著,沈虎雏编选:《从文家书 从文兆和书信选》,上海远东出版社 1996 年版,第 40 页。

有碎片化状态和创伤。这样一种对爱情的文学化感悟甚至是“情感教育”,很容易打动读信者的心灵,唤起更多的感动和共情。

沈从文的执着,或许要加上沈从文笔下对爱的感喟和赞颂,打动了张兆和。1932 年,在获得了父亲的许可后,张兆和给沈从文打了份电报:“乡下人,喝杯甜酒吧。”1933 年 9 月 9 日沈从文和张兆和在北平的中央公园举办了婚礼。沈从文去世以后,张兆和编订《从文家书》,曾写道:“从文同我相处,这一生,究竟是幸福还是不幸?得不到回答。我不理解他,不完全理解他。后来逐渐有了些理解,但是,真正懂得他的为人,懂得他一生承受的重压,是在整理编选他遗稿的现在。过去不知道的,现在知道了;过去不明白的,现在明白了。他不是完人,却是个稀有的善良的人。”①

新婚后不久,沈从文赶回故乡凤凰探望病中的母亲。他和张兆和约定,一路上写信给她。这些书信除了描绘湘西风景和沿途见闻以外,更透露了沈从文在回乡途中的今昔之感,以及他对历史、对生命的思考。这些书信后来由沈从文的儿子整理结集为《湘行书简》;而沈从文在这些书信积累的素材的基础上,写成了《湘行散记》,于 1936 年出版。我这里想举的一封信,就是沈从文在 1934 年 1 月 18 日写给张兆和的,他亲昵地称妻子为“三三”:

> 现在太阳正照到我的小船舱中,光景明媚,正同你有些相似处。……三三,我因为天气太好了一点,故站在船后舱看了许久水,我心中忽然好像彻悟了一些,同时又好像从这条河中得到了许多智慧。三三,的的确确,得到了许多智慧,不是知识。我轻轻的叹息了好些次。山头夕阳极感动我,水底各色圆石也极感动我,我心中似乎毫无什么渣滓,透明烛照,对河水、对夕阳、对拉船人同船,皆那么爱着,十分温暖的爱着!我们平

---

① 张兆和:《从文家书 · 后记》,上海远东出版社 1996 年版,第 319 页。

> 时不是读历史吗？一本历史书除了告我们些另一时代最笨的人相斫相杀以外有些什么？但真的历史却是一条河。从那日夜长流千古不变的水里石头和砂子，腐了的草木，破烂的船板，使我触着平时我们所疏忽了若干年代若干人类的哀乐！我看到小小渔船，载了它的黑色鸬鹚向下流缓缓划去，看到石滩上拉船人的姿势，我皆异常感动且异常爱他们。我先前一时不还提到过这些人可怜的生，无所为的生吗？不，三三，我错了。这些人不需我们来可怜，我们应当来尊敬来爱。他们那么庄严忠实的生，却在自然上各担负自己那份命运，为自己，为儿女而活下去。不管怎么样活，却从不逃避为了活而应有的一切努力。他们在他们那份习惯生活里、命运里，也依然是哭、笑、吃、喝，对于寒暑的来临，更感觉到这四时交递的严重。三三，我不知为什么，我感动得很！我希望活得长一点，同时把生活完全发展到我自己这份工作上来。我会用我自己的力量，为所谓人生，解释得比任何人皆庄严些与透入些！三三，我看久了水，从水里的石头得到一点平时好像不能得到的东西，对于人生，对于爱憎，仿佛全然与人不同了。我觉得惆怅得很，我总像看得太深太远，对于我自己，便成为受难者了。这时节我软弱得很，因为我爱了世界，爱了人类。三三，倘若我们这时正是两人同在一处，你瞧我眼睛湿到什么样子！①

在这封信里，我们不仅可以看出沈从文的性格，就是在温柔感伤下面潜伏着内在的坚韧和认真；同时，这封信也透露出沈从文观察世界的视景和文学创作的密码。沈从文越是亲历原始暴力的残酷荒谬，越是对超越暴力循环寄予期待；越是意识到“沉默无言”的暗影，越是想造一座“希腊小庙”，召唤平凡人性的觉醒和复归。我

① 沈从文:《历史是一条河》，上海远东出版社 1996 年版，第 61—62 页。

们看到，沈从文所描摹的是这样一幅由夕阳下的河水、水中的渔船、石头和砂子、腐了的草木、岸上的拉船人共同组成的“自然风景画”，这幅图景让他感到的不仅是宁静安稳，不仅是审美上的愉悦，更让他产生了“尊敬”之感，使他不禁要付之于“抒情”。因为他从这些普通民众、从边缘者身上发现了一种担负生命和命运的庄严，尽管他们生活困苦、家累沉重，但他们其实比那些相斫相杀的帝王将相更能代表人性之美，他们身上有着被人疏忽了的“若干年代若干人类的哀乐”。[①] 用沈从文在另一处的说法，这些人“生活有些方面极其伟大，有些方面又极其平凡，性情有些方面极其美丽，有些方面又极其琐碎”。沈从文希望自己的写作能够探索和解释这种更宏大也更幽深的经验与力量。这些才是文明的根基，就像水，“日夜长流，千古不变”。[②]

很多问题当然都可以由此进一步引申。比如，沈从文的历史观和文学观其实并不是来自知识的启蒙，而是来自智慧的启悟；比如，沈从文持久地把道德上的优越位置赋予他笔下普通的乡村和乡下人，生存的理由甚至让他们那些或庸常或越轨的行为也获得了正当性；比如，沈从文常常把时间背景虚化，或者将自然风物最大限度地织入事件之中，甚至转化为人物的内面风景，营造故事之外的“空气”；比如，“变”和“常”，“动”和“静”的对立与辩证，往往构成沈从文小说基本的主题和叙事动力；比如，相对于各种外在的、影响时代的“事功”，沈从文更为注重的其实是人世间的“有情”和“不忍”。

1928 年以后，沈从文陆续发表了一系列小说，如小说集《月下小景》，“把佛经中小故事放大翻新，注入我生命中属于情绪散步的种种纤细感觉和荒唐想象”，吸收六朝志怪、唐传奇和佛经故事，化为对“意志与理性”的讴歌，那些疯狂追求、不顾其余的形象投射了沈

① 沈从文：《历史是一条河》，上海远东出版社 1996 年版，第 62 页。

② 沈从文：《水云》，《沈从文选集》第 1 卷，四川人民出版社 1983 年版，第 361 页。

从文自己的生命体验。还有一些质量很高的单篇，包括《柏子》《龙朱》《会明》《菜园》《夫妇》《萧萧》《灯》《丈夫》《三三》《虎雏》等(顺便一说，沈从文给自己的儿子就取名龙朱和虎雏)。不同于沈从文那些刻画城市绅士阶层的虚伪无聊的小说，这些小说多以湘西为背景，表现男女性格上的直爽率真，情欲上的大胆自然，同时也触及底层社会的贫穷苦难。沈从文说："请你试从我的作品里找出两个短篇对照着看，从《柏子》同《八骏图》看看，就可明白对于道德的态度，城市与乡村的好恶，知识分子与抹布阶级的爱憎。"[①]1934 年，小说《边城》在《国闻周报》上连载，不久出版了单行本，把沈从文的湘西书写推向了高峰，从此翠翠的形象和"一种处于不巧的痛苦经验"便永远留在了文学史上。关于《边城》的主题，沈从文解释得很清楚："我要表现的本是一种'人生的形式'，一种优美、健康、自然，而又不悖乎人性的人生形式。"[②]"一切充满了善，充满了完美高尚的希望，然而到处是不凑巧。"[③]有学者说《边城》营造了一片田园牧歌的情境，也有学者认为"渡船"和"商船"的对比也凸显了人间的区隔和凶险。我觉得两者都有道理，而这恰恰构成《边城》的内在张力。《边城》里不仅潜伏着沈从文个人的悲剧美学和悲悯情怀，也铭刻着中国被拖入现代性的过程中民族性的情感结构。

张春田，华东师范大学中文系副教授，主要研究方向为中国近现代思想与学术、文化理论与批评、都市文化与视觉文化、情感理论等，著有《思想史视野中的"娜拉"——五四前后的女性解放话语》《女性解放与现代想象》《革命与抒情：南社的文化政治与中国现代性(1903—1923)》等作品。

① 沈从文：《习作选集代序》，《从文小说习作选》，上海良友出版公司 1936 年版，第 4 页。

② 沈从文：《习作选集代序》，《从文小说习作选》，上海良友出版公司 1936 年版，第 5 页。

③ 沈从文：《水云》，《沈从文选集》第 1 卷，四川人民出版社 1983 年版，第 366 页。

龚古尔文学奖获奖长篇小说《异常》的叙事特点与思想阐释

文——欧阳德彬

2021 年 7 月初,笔者收到了海天出版社法语翻译家胡小跃先生寄来的新书——艾尔维·勒泰利耶的《异常》,附言是“这是我退休前做的最后一本书了”。我立刻关闭了手机和房门,杜绝了一切干扰,投入阅读之中。对于胡老师的职业生涯而言,此书是“绝响”,对于书籍本身来说,也堪称绝响。从故事情节上看,2021 年一架从巴黎飞往纽约的航班,遭遇风暴后平安着陆,三个月后,同一航班再次着陆,飞机上是三个月前的原班人马,这应该是一本科幻小说。但是阅读之后,笔者发现了更丰饶的文史哲内蕴,这远远超出“科幻小说”的涵盖范围。恰如译者余中先教授在后记中写的那样:“作品反映的生活是多样化的,描写的内容是超前的,写作精神是创新的,文字形式是实验性的,有浪漫,有犯罪,有推理,有哲理,有数学,有超现实,有幽默……它集各种文类与探索于一身,令人惊诧,令人震撼,甚至拍案叫绝。”[①]为了论述方便,姑且称之为“科幻小说”。在全世界范围内科幻小说热潮兴起,国内当代文学充斥着“土味科幻小说”的当下,引进与观摩世界级科幻小说杰作,具有重要现实意义。

一、叙事结构的高度实验性

西方小说经过现代派的洗礼之后,形式创新层出不穷,但大都形式大于内容,或者仅仅流于形式,正所谓“太阳底下并无新事”,鲜有真正意义上的创新。这本《异常》,堪称真正意义上的形式创新,这主要体现在叙事结构的高度实验性上。

1.小说呈现出多主人公并置的叙事景观,形成复调叙事

作家艾尔维·勒泰利耶从事故航班中精选出了十余位乘客共同作为本书的主人公,第一部分展现了他们的独特故事,第三部分则叙述“异常事件”发生后,副本的到来对他们命运走向和生活状态的影响。

主人公有默默无闻的作家维克托·米耶塞尔,性感迷人的女电影剪辑师吕茜,老年建筑师安德烈,尼日利亚同性恋歌手苗条男孩,职业杀手布莱克……各位主人公之间存在巨大的差异性,分属于不同的职业、年龄、国籍、阶层……这样的设置提升了代表性,甚至可以说这些人就代表了整个当代人类社会。

其中的关于作家维克托·米耶塞尔的章节尤其巧妙,带有荒诞

---

① [法]艾尔维·勒泰利耶:《异常》,余中先译,海天出版社2021年版,第343页。

意味与反讽色彩。一度文坛失落的作家三月维克托·米耶塞尔(三月维克托·米耶塞尔是指三月降落的那架飞机上的维克托·米耶塞尔,后文六月维克托·米耶塞尔是指六月降落的那架飞机上的维克托·米耶塞尔,其他人物称呼亦然)写出《异常》这本书后便自杀了。这本书导致了三月维克托·米耶塞尔的死亡,增强了书的神秘性。维克托·米耶塞尔的《异常》是艾尔维·勒泰利耶《异常》的书中之书,构成一种奇妙的互文关系。三月维克托·米耶塞尔自杀后,遗作《异常》却大受欢迎,而享受这一成就与荣光的并不是写出这本杰作的维克托,而是没参与这本书写作的六月维克托,“这并不怎么算得上是一本我——眼下正在对你们说话的这个我——写的书。但是我拥有作者的版权,这才是问题的本质。”其中的荒诞意味与反讽色彩就昭然若揭了。

苏联文艺理论家巴赫金在评价陀思妥耶夫斯基的小说时指出:“有着众多的相互独立而不相融合的声音和意识,由具有充分价值的不同声音组成真正的复调——这确实是陀思妥耶夫斯基长篇小说的基本特点。”[①]从这个意义上说,《异常》中的多主人公杂陈的叙事现象,以及“异常事件”发生后军方、民众、政府、教会等团体不同的反应,也构成了一种“复调”。多主人公叙事皆是个人视角,以利弊得失为价值评判标准。军方、民众、政府、教会则是一种集体视角,以国家和集体的安全与稳定为价值评判标准。恰如《美丽新世界》中的中央伦敦孵化与条件设置中心的格言要求的“社会,本分,稳定”[②]那样,不同的价值标准形成各自行为方式的内在动因,造成截然不同的结果。比如,《异常》中,各主人公思考着如何面对今后的生活,而国家机器的代表——总统则盘算着国家安全与稳定,甚

① [苏]巴赫金:《陀思妥耶夫斯基诗学问题》,白春仁、顾亚玲译,生活·读书·新知三联书店1988年版,第29页。

② [英]赫胥黎:《美丽新世界》,孙法理译,译林出版社2020年版,第1页。

至命令战斗机飞行员击毁第三次出现的法航006航班。

2.独特的时间线和地点坐标设置

对于热爱科幻小说和科幻影视的读者来说,时间线(timeline)这一概念并不陌生。据《剑桥词典》,“timeline”的本义是“a line that shows the time and the order in which events have happened”,即标示时间和事件发生的线,但随着科幻文学和影视剧的风行,时间线的含义复杂化了。主人公可以沿着时间线随意穿越到一个时间点,对历史事件做出干涉,时间线便有了“平行世界”的意思。比如在奈飞(Netflix)网站上新上映的美剧《洛基》中,时间管理局的工作人员可以通过时间重置器返回人类历史上的任一点,进而改变历史的叙事。从时间机器到时间线,科幻小说有一个源远流长的历史,不断挑战着人类的想象力,到了当下,时间线的概念越来越流行。

在长篇小说《异常》中,时间有了一条线,人物在各个时间点活动,加上主人公有三月和六月之别,一切都有了规范,不至于混淆,结构上便明晰了。另外,每一小节前还有地点坐标。时间、地点、人物,让人想起西方古典主义戏剧中的“三一律”。法国古典主义戏剧理论家布瓦洛把它解释为“要用一地、一天内完成的一个故事从开头直到末尾维持着舞台充实”[①]。很明显,《异常》早就超出了这一古希腊时代就开始的戏剧创作的陈规陋习,地点有切换,故事也并非在一天内完成,但是继承了戏剧的场景感和戏剧性。比如表现老年建筑师安德烈和女剪辑师吕茜的情感纠葛,床榻之上剪辑师“女上位”占据绝对主动,建筑师因为衰朽的身体感受到恐惧和失落。这一“隔代恋”情爱场景预示着这是一段难以长久的露水情缘,也有很强的戏剧性。

① [法]布瓦洛:《诗的艺术》,范希衡译,北京商务印书馆2023年版,第63页。

二、上帝视角和多视角叙事

跟书中的结构相对应的是多视角叙事。多视角叙事很考验作家的功夫，因为要站在不同人的角度展开叙事，那就必须精确再现这些人的生活方式和话语特点。比如开篇第一个章节描写职业杀手布莱克，要想驾驭这类题材，必须对科技时代职业杀手的生活了如指掌，如何操作暗网，如何接头，如何在现实生活中扮演两种人的角色，这都要求作家对这一行当有着深入了解，并且具备丰富的想象力。再比如关于小女孩索菲亚的章节，索菲亚唯一的朋友就是玻璃缸里的青蛙贝蒂，并且还要保守爸爸在浴缸中和她一起洗澡的秘密。这里就完全站在小女孩的视角来叙事了。自由地站在各色人等的角度来叙事，展现出了作家高超的小说叙事能力。阅读《异常》，笔者再度感受到了当初阅读乔伊斯《都柏林人》时的震撼，法国作家勒泰利耶与爱尔兰作家乔伊斯类似，都对各色人等有着极强的观察力和站在不同人物视角自由叙事的能力。

除了表面的多视角叙事，笔者认为，艾尔维·勒泰利耶还站在更高的视角即上帝视角来思索虚拟与现实的关系，来考察科学与人文的关系，来审视人类社会和地球文明。在《异常》中，国别、党派、宗教等分类已经丧失了意义，整个人类都笼罩在灾难的阴影之中，甚至不断接近毁灭。在潘多拉魔盒打开的一刹那，衰老、战争、疯狂、瘟疫等灾祸都飞奔而出，唯独“希望”步履蹒跚，迟迟没有出来。这一古老的神话似乎就预示着人类世界的终结。在《创世记》中，上帝创造了世界和人类，观望着他的造物，时而慈爱，时而残暴，在失望的时候，就降下天火毁灭人群与城市，如同毁灭索多玛与蛾摩拉。在慈爱的时候，就引领信众奔向流淌了奶与蜜的应许之地。在《圣经》叙事中，人类社会不过是宇宙至高存在设置的沙盘游戏。一局没玩好便推倒重来，如同小孩玩游戏。从这个意义上说，第二架同样飞机的出现,似乎是造物主给人类的一个警示,让人类意识到自己的存在微不足道,别整天陷入虚妄与幻觉之中,伟大得不可一世。

三、人类文明的整体熔铸和深刻反思

航班上的主人公们,面对着那个跟自己一模一样的人,有的和平解决了现实中的问题,比如三月吕茜和六月吕茜轮流陪伴孩子,比如同性恋三月苗条男孩爱上了六月苗条男孩,因为对他来说,另一个自己无疑就是一个"自恋的重影"。有的则引来了死亡,比如参加《夜晚秀》电视节目的两个阿德莉亚娜。两个阿德莉亚娜的死亡折射的便是人类文明中永恒的难以弥合的矛盾。只要人类还继续存在,这类矛盾便不会消失。

"科拜耳向诺郎伸出手去,帮他走上了舞台。掌声经久不息,恰如预料中的那样。两个阿德莉亚娜一起微笑,致敬,三月阿德莉亚娜多少有点献媚,六月阿德莉亚娜则带着一种不无惊讶的微笑朝着诺郎,这一下更是掀起了众人的一阵笑声。"[①]"异常事件"后,一些有了副本的人没有刻意掩盖身份悄悄生活,而是走上舞台,把很有可能是悲剧的严肃事件娱乐化了,直接导致自身的毁灭。刽子手便是自封为"上帝的先知"的宗教狂热者雅各布·伊文斯。在闹市中的街道上,伊文斯以救世主耶稣的名义枪杀了两位阿德莉亚娜。在他那被宗教狂热和宗教激进主义占据的头脑中,两位阿德莉亚娜是魔鬼撒旦的化身。在宗教极端分子的视角中,基督教元典《圣经》成了一种仇恨与复仇的纲领,这也是值得人们深思的现象。当西方文明根基之一的《圣经》历经数千年的不断改写与解读,为何无法杜绝信奉者本身的一些极端与邪恶?

这样的情节设置可谓一箭双雕,一是反思了被时代娱乐化狂潮

① [法]艾尔维·勒泰利耶:《异常》,余中先译,海天出版社2021年版,第293页。

奴役的公共事件，二是对宗教狂热和任何一种观念狂热的鞭挞。从这个意义上说，"异常事件"嘲弄了人类的文明和理性。当人类面临着两难选择，科学家、政客等大人物都解决不了问题，只能做出"掷骰子"般的荒谬决定。如果存在主义的观点接近真理，即人的不断选择构筑成自身，那么经过种种非理性的决定与选择，缔造出的是什么样的人类？

在《异常》中，一架从北京飞往深圳的航班也离奇地变成了两架，不过这件事掉进了信息的"黑洞"，没有人会承认，"美国人将永远不知道在中国存在着另一架飞机，关于它的乘客没有任何消息"。相比较而言，法航的那架飞机在六月降落后，全部乘客在军事基地隔离，各路科学家、心理学家、宗教人士等对乘客们进行调查、安抚，甚至为这些"副本"办理了新的身份证，妥善解决他们即将面临的各类问题，索菲亚的恋童癖爸爸也被绳之以法，这无疑展示着现代西方的人道主义文明。可是，在《异常》的终章，当法航006航班的第三次飞行已经出现在大西洋上空的时候，美利坚合众国的总统便给大黄蜂战斗机下达命令，击毁这一航空器。同时，利用技术手段删除了航班飞行记录和一切可以操控的信息。一下子，这种人道主义文明被轻而易举地解构了。

当"大人物们"刻意隐瞒，"小人物们"善于遗忘，于是，"异常"之后，什么都不会改变，一切都被"抹除"。"我们还是会在早上醒来，会去上班工作，因为我们始终得缴付房租，要吃饭、喝水、做爱，就跟以前那样。"[①]或许，人们习以为常的正常，才是真正的异常。人们自以为活在真实中，却没有意识到一个巨大的"楚门的世界"笼罩着整个人类社会。

---

① [法]艾尔维·勒泰利耶：《异常》，余中先译，海天出版社2021年版，第312页。

四、《异常》对当下国内科幻小说的启示

随着刘慈欣的《三体》获得雨果奖,加上国内宣传的引导和国外科幻文学与影视剧的影响,科幻小说近年在国内成为风潮,甚至很多“传统文学”的作家半路出家,改行写作科幻小说。

就笔者的阅读视野来看,当下国内绝大多数科幻小说最大的症结在于科学知识的匮乏和想象力的不济,从而形成了一种“土味科幻”的滑稽作品。结合《异常》这本科幻小说来对照,作家本人艾尔维·勒泰利耶就是数学家与天体物理学家,一些科学原理信手拈来,他写出的科幻小说才是令读者信服的科幻小说,更何况还有文本形式的创新。对于一名科幻小说写作者,如果科学知识和文史哲涵养先天营养不良,文本形式的创新也就无从谈起。从这个意义上说,引进《异常》这样的科幻小说,为科幻作家们提供优秀科幻叙事的范本,恰逢其时。

欧阳德彬,深圳大学文学博士在读,曾在《中国作家》《青年文学》《钟山》《作品》《西湖》《文学港》《野草》《青春》《山花》《草原》《广州文艺》等刊发小说百万余字,在《文艺报》《文学报》《光明日报》等发表书评百余篇,获中国高校文学比赛小说首奖、深圳青年文学奖等。著有散文集《城市边缘的漫步》。

经典
Classic

诗的格律

文——闻一多

一

假定"游戏本能说"能够充分的解释艺术的起源,我们尽可以拿下棋来比做诗;棋不能废除规矩,诗也就不能废除格律。(格律在这里是 form 的意思。"格律"两个字最近含着了一点坏的意思;但是直译 form 为形体或格式也不妥当。并且我们若是想起 form 和节奏是一种东西,便觉得 form 译作格律是没有什么不妥的了。)假如你拿起棋子来乱摆布一气,完全不依据下棋的规矩进行,看你能不能得到什么趣味?游戏的趣味是要在一种规定的条律之内出奇致胜。做诗的趣味也是一样的。假如诗可以不要格律,做诗岂不比下棋,打球,打麻将还容易些吗?难怪这年头儿的新诗"比雨后的春笋还多些。"我知道这些话准有人不愿意听。但是 Bliss Perry 教授的话来得更古板。他说“差不多没有诗人承认他们真正给格律缚束住了。他们乐意戴着脚镣跳舞,并且要戴别个诗人的脚镣。”

这一段话传出,我又断定许多人会跳起来,喊着“就算它是诗,我不做了行不行?”老实说,我个人的意思以为这种人就不做诗也可以,反正他不打算来戴脚镣,他的诗也就做不到怎样高明的地方去。杜工部有一句经验语很值得我们揣摩的“老去渐于诗律细”。

诗国里的革命家喊道“皈返自然!”他们以为有了这四个字,便师出有名了。其实他们要知道自然界的格律,虽然有些像蛛丝马迹,但是依然可以找得出来。不过自然界的格律不圆满的时候多,所以必须艺术来补充它。这样讲来,绝对的写实主义便是艺术的破产。“自然的终点便是艺术的起点”,王尔德说得很对。自然并不尽是美的。自然中有美的时候,是自然类似艺术的时候。最好拿造型艺术来证明这一点。我们常常称赞美的山水,讲它可以入画。的确中国人认为美的山水,是以像不像中国的山水画做标准的。欧洲文艺复兴以前所认为女性的美,从当时的绘画里可以证明,同现代的女性美的观念完全不合;但是现代的观念又同希腊的雕像所表现的女性美相符了。这是因为希腊雕像的出土,促成了文艺复兴,文艺复兴以来,艺术家描写美人,都拿希腊的雕像做蓝本,因此便改造了欧洲人的女性美的观念。我在赵瓯北的一首诗里发现了同类的见解。

绝似盆池聚碧孱,嵌空石笋满江湾。
化工也爱翻新样,反把真山学假山。

这径直是讲自然在模仿艺术了。自然界当然不是绝对没有美的。自然界里面也可以发现出美来,不过那是偶然的事。偶然在言语里发现了一点类似诗的节奏,便说言语就是诗,便要打破诗的音节,要它变得和言语一样——这真是诗的自杀政策了。(注意我并不反对用土白做诗,我并且相信土白是我们新诗的领域里一块非常肥沃的土壤,理由等将来再仔细的讨论。我们现在要注意的只是土白可以“做”诗;这“做”字便说明了土白须要经过一番锻炼选择的工作然后才能成诗。)诗的所以能激发情感,完全在他的节奏;节奏便是格律。莎士比亚的诗剧里往往遇见情绪紧张到万分的时候,便用韵语来描写。葛德作浮士德也曾采用同类的手段,在他致席勒的信里并且提到了这一层,韩昌黎“得窄韵则不复傍出,而因难见巧,愈险愈奇……”这样看来,恐怕越有魄力的作家,越是要戴着脚镣跳舞才跳得痛快,跳得好。只有不会跳舞的才怪脚镣碍事。只有不会做诗的才感觉得格律的缚束。对于不会作诗的,格律是表现的障碍物;对于一个作家,格律便成了表现的利器。

又有一种打着浪漫主义的旗帜来向格律下攻击令的人。对于这种人,我只要告诉他们一件事实。如果他们要像现在这样的讲什么浪漫主义,就等于承认他们没有创造文艺的诚意。因为,照他们的成绩看来,他们压根儿就没有注重到文艺的本身,他们的目的只在披露他们自己的原形。顾影自怜的青年们一个个都以为自身的人格是再美没有的,只要把这个赤裸裸的和盘托出,便是艺术的大成功了。你没有听见他们天天唱道“自我的表现”吗?他们确乎只认识了文艺的原料,没有认识那将原料变成文艺所必需的工具。他们用了文字作表现的工具,不过是偶然的事,他们最称心的工作是把所谓“自我”披露出来,是让世界知道“我”也是一个多才多艺,善病工愁的少年;并且在文艺的镜子里照见自己那倜傥的风姿,还带着几滴多情的眼泪,啊!啊!那是多么有趣的事!多么浪漫!不错,他们所谓浪漫主义,正浪漫在这一点上,和文艺的派别绝不发生关系。这种人的目的既不在文艺,当然要他们遵从诗的格律来做诗,是绝对办不到的;因为有了格律的范围,他们的诗就根本写不出来了,那岂不失了他们那“风流自赏”的本旨吗?所以严格一点讲起来,这一种伪浪漫派的作品,当它作把戏看可以,当它作西洋镜看也可以,但是万不能当它作诗看。格律不格律,因此就谈不上了。让他们来反对格律,也就没有辨驳的价值了。

上面已经讲了格律就是 form。试问取消了 form,还有没有艺术?上面又讲到格律就是节奏。讲到这一层更可以明瞭格律的重要;因为世上只有节奏比较简单的散文,决不能有没有节奏的诗。本来诗一向就没有脱离过格律或节奏。这是没有人怀疑过的天经地义。如今却什么天经地义也得有证明才能成立,是不是?但是为什么闹到这种地步呢——人人都相信诗可以废除格律?也许是“安拉基”精神,也许是好时髦的心理,也许是偷懒的心理,也许是藏拙的心理,也许是……那我可不知道了。

二

前面已经稍稍讲了讲诗为什么不当废除格律。现在可以将格律的原质分析一下了。从表面上看来,格律可以从两方面讲:(一)属于视觉方面的,(二)属于听觉方面的。这两类其实又当分开来讲,因为它们是息息相关的。譬如属于视觉方面的格律有节的匀称,有句的均齐,属于听觉方面的有格式,有音尺,有平仄,有韵脚;但是没有格式,也就没有节的匀称,没有音尺,也就没有句的均齐。

关于格式,音尺,平仄,韵脚等问题,本刊上已经有饶孟侃先生论新诗的音节的两篇文章讨论得很精细了。不过他所讨论的是从听觉方面着眼的。至于视觉方面的两个问题,他却没有提到。当然视觉方面的问题比较占次要的位置。但是在我们中国的文学里,尤其不当忽略视觉一层,因为我们的文字是象形的,我们中国人鉴赏文艺的时候,至少有一半的印象是要靠眼睛来传达的。原来文学本是占时间又占空间的一种艺术。既然占了空间,却又不能在视觉上引起一种具体的印象——这本是欧洲文字的一个缺憾。我们的文字有了引起这种印象的可能,如果我们不去利用它,真是可惜了。所以新诗采用了西文诗分行写的办法,的确是很有关系的一件事。姑无论开端的人是有意的还是无心的,我们都应该感谢他。因为这一来,我们才觉悟了诗的实力不独包括音乐的美(音节),绘画的美(词藻),并且还有建筑的美(节的匀称和句的均齐)。这一来,诗的实力上又添了一支生力军,诗的声势更加浩大了。所以如果有人要问新诗的特点是什么。我们应该回答他:增加了一种建筑美的可能性是新诗的特点之一。

近来似乎有不少的人对于节的匀称和句的均齐表示怀疑,以为这是复古的象征。做古人的真倒霉,尤其做中华民国的古人!你想这事怪不怪?做孔子的如今不但“圣人”,“夫子”的徽号闹掉了,连他自己的名号也都给褫夺了,如今只有人叫他作“老二”;但是耶稣依然是耶稣基督,苏格拉提依然是苏格拉提。你做诗摹仿十四行体是可以的,但是你得十二分的小心,不要把它做得像律诗了。我真不知道律诗为什么这样可恶,这样卑贱!何况用语体文写诗写到同律诗一样,是不是可能的?并且现在把节做到匀称了,句做到均齐了,这就算是律诗吗?

诚然,律诗也是具有建筑美的一种格式;但是同新诗里的建筑美的可能性比起来,可差得多了。律诗永远只有一个格式,但是新诗的格式是层出不穷的。这是律诗与新诗不同的第一点。做律诗,无论你的题材是什么,意境是什么,你非得把它挤进这一种规定的格式里去不可,仿佛不拘是男人,女人,大人,小孩非得穿一种样式的衣服不可。但是新诗的格式是相体裁衣。例如《采莲曲》的格式决不能用来写《昭君出塞》,《铁道行》的格式决不能用来写《最后的坚决》,《三月十八日》的格式决不能用来写《寻找》。在这几首诗里面,谁能指出一首内容与格式,或精神与形体不调和的诗来,我倒愿意听听他的理由。试问这种精神与形体调和的美,在那印板式的律诗里找得出来吗? 在那乱杂无章,参差不齐,信手拈来的自由诗里找得出来吗?

律诗的格式与内容不发生关系,新诗的格式是根据内容的精神制造成的。这是它们不同的第二点。律诗的格式是别人替我们定的。新诗的格式可以由我们自己的意见来随时构造。这是它们不同的第三点。有了这三个不同之点,我们应该知道新诗的这种格式是复古还是创新,是进步还是退化。

现在有一种格式:四行成一节,每句的字数都是一样多。这种格式似乎是用得很普遍。尤其是那字数整齐的句子,看起来好像刀子切的一般,在看惯了参差不齐的自由诗的人,特别觉得有点稀奇。他们觉得把句子切得那样整齐,该是多么麻烦的工作。他们又想到做诗是那样的麻烦,诗人的灵感不完全毁坏了吗? 灵感毁了,还哪里去找诗呢? 不错,灵感毁了,诗也毁了。但是字句锻炼得整齐,实在不是一件难事;灵感决不致因为这个就会受了损失。我曾经问过现在常用整齐的句法的几个作者,他们都这样讲;他们都承认若是他们的那一首诗没有做好,只应该归罪于他们还没有把这种格式用熟;这种格式的本身不负丝毫的责任。我们最好举两个例来对照着看一看,一个例是句法不整齐的;一个是整齐的,看整齐与凌乱的句法和音节的美丑有关系没有——

我愿透着寂静的朦胧,薄淡的浮纱,
细听着淅淅的细雨寂寂的在檐上,
激打遥对着远远吹来的空虚中的嘘叹的声音,
意识着一片一片的坠下的轻轻的白色的落花。

说到这儿,门外忽然风响,
老人的脸上也改了模样;

孩子们惊望着他的脸色，
他也惊望着炭火的红光。

到底哪一个的音节好些——是句法整齐的，还是不整齐？更澈底的讲来，句法整齐不但于音节没有妨碍，而且可以促成音节的调和。这话讲出来，又有人不肯承认了。我们就拿着前面的证例分析一遍，看整齐的句法同调和的音节是不是一件事。

孩子们|惊望着|他的|脸色
他也|惊望着|炭火的|红光

这里每行都可以分成四个音尺，每行有两个“三字尺”（三个字构成的音尺之简称，以后仿此）和两个“二字尺”，音尺排列的次序是不规则的，但是每行必须还他两个“三字尺”两个“二字尺”的总数。这样写来，音节一定铿锵，同时字数也就整齐了。所以整齐的字句是调和的音节必然产生出来的现象。绝对的调和音节，字句必定整齐。（但是反过来讲，字数整齐了，音节不一定就会调和，那是因为只有字数的整齐，没有顾到音尺的整齐——这种的整齐是死气板脸的硬嵌上去的一个整齐的框子，不是充实的内容产生出来的天然的整齐的轮廓。）

这样讲来，字数整齐的关系可大了，因为从这一点表面上的形式，可以证明诗的内在的精神——节奏的存在与否。如果读者还以为前面证例不够，可以用同样的方法分析我的《死水》。

这首诗从第一行

这是|一沟|绝望的|死水

起，以后每一行都是用三个“二字尺”和一个“三字尺”构成的，所以每行的字数也是一样多。结果，我觉得这首诗是我第一次在音节上最满意的试验。因为近来有许多朋友怀疑到《死水》这一类麻将牌式的格式,所以我今天就顺便把它说明一下。我希望读者注意,新诗的音节,从前面所分析的看来,确乎已经有了一种具体的方式可寻。这种音节的方式发现以后,我断言新诗不久定要走进一个新的建设的时期了。无论如何,我们应该承认这在新诗的历史里是一个轩然大波。

这一个大波的荡动是进步还是退化,不久也就自然有了定论。

(原载《晨报副刊·诗镌》1926 年第 7 期)